INVENTAIRE
Y².16922
Y²

EMINA.

G.

EMINA.

RÉCITS TURCO-ASIATIQUES

PAR

Mme LA PRINCESSE CHRISTINE TRIVULCE
DE BELGIOJOSO.

I

PARIS, 1856.

LEIPZIG, CHEZ WOLFGANG GERHARD.

I

Dans une des innombrables vallées de l'Asie-Mineure vivait, il y a quelques années, une pauvre famille turque. Le chef avait épousé au sortir de l'enfance une petite fille qui, n'étant pas si pressée, folâtrait encore, accroupie sur les cendres du foyer domestique. Cette verte jeunesse devint bientôt une ruine précoce, une vieille de vingt ans, jaune, ridée, édentée, mère de deux enfans dont elle ne devait pas voir l'adolescence. Elle mourut au bout de cinq ou six ans de martyre conjugal, laissant son seigneur et maître assez triste, mais surtout embarrassé de son veuvage. Cette sorte d'embarras ne se prolonge pourtant guère en Orient, où le célibat est rangé parmi les choses impossibles. A peine la défunte fut-elle enterrée, que le bonhomme Hassan reçut plusieurs propositions, et qu'il s'occupa sérieusement d'un nouveau choix. Les Turcs ont si peu l'habitude de voir les femmes, que leur visage est devenu pour eux une affaire de très peu d'importance. En dépit de la coutume qui permet aux filles de montrer leur visage, l'homme à la recherche d'une compagne ne s'en inquiète guère, et s'en remet, soit à ses parens, soit à ses amis, du soin de choisir pour lui. Ainsi fit Hassan, qui savait d'ailleurs par expérience ce que durent les roses et les lis au train de la vie domestique. — Je veux une femme bien portante, disait-il à ses amis, et si elle m'apportait quelques centaines de piastres, cela ne gâterait rien. — Quelques centaines de piastres! cela ne se trouve pas sous le pas d'un cheval, lui répondait-on, et si tu rencontres une femme qui possède une vigne et quelques chèvres, tu feras bien de t'en contenter. — Quelques centaines de piastres vaudraient mieux, reprenait Hassan avec un soupir, mais à l'impossible nul n'est tenu. Allons, va pour les chèvres et la vigne!

Dans un hameau peu éloigné de la vallée vivait une orpheline, héritière des susdits trésors, voire d'une vigne et de quelques chèvres, au nombre de huit. Jusque-là, à vrai dire, le produit de la vente des raisins était passé tout entier en frais de culture; jusque-là aussi, il avait fallu chaque année, lorsque les collines environnantes étaient couvertes de neige, ou lorsque les rayons du soleil d'Asie en avaient changé l'herbe en paille, confier le troupeau à un berger qui l'emmenait paître au loin, et auquel on n'avait jamais pu faire entendre que, le lait des chèvres n'étant pas sa propriété, il devait en rendre compte à sa jeune maîtresse. — Rendre compte de quelques jattes de lait que je trais à huit ou dix jours du village! qu'entend-on par là? Quand je le trais, je le bois, et que voulez-vous que j'en fasse? Que je le garde pour le donner à ma maîtresse, quand je retourne auprès d'elle au printemps? Mais alors il me faudrait de grands pots pour l'y renfermer, des ânes pour le porter... — Cet habile administrateur n'ignorait pourtant pas qu'il avait droit à des gages, et que les gages payés à l'avance font double profit. Aussi, de peur d'avoir à les attendre, se payait-il sur la laine du troupeau, et la petite dame n'avait jamais pu amasser suffisamment de toison pour s'en faire une paire de bas. On me demandera peut-être à quoi sert d'être propriétaire en ce pays, et je répondrai qu'en thèse générale la propriété est ici la mère de la mendicité; mais, en ce cas particulier la vigne et le troupeau rapportèrent un mari à leur jeune maîtresse. Je ne prétends pas qu'elle n'en eût pas trouvé sans cela, car personne en Turquie ne vieillit dans le célibat; mais enfin ce furent ces richesses qui décidèrent Hassan ou *Hassan-Agha*, ce qui signifie le capitaine Hassan, à épouser l'orpheline. Le brave homme n'était pas capitaine du tout; mais il n'existe guère de mendiant en Turquie qui ne soit décoré de ce titre de *capitaine* au moins dans le sein de sa propre famille, et, vu la nature laconique de la langue turque, le mot *agha* s'élide si bien qu'il n'en reste que la lettre *A*, par laquelle on termine le nom propre de l'individu titré.

Le raisonnement que la vigne et les chèvres

de la petite avaient suggéré à Hassana était fort simple. — Cette vigne ne rend rien, parce qu'il faut payer les bras qui la cultivent; ces chèvres ne rendent pas davantage, parce qu'il faut donner des gages au berger qui en prend soin; mais moi et mes enfans nous remplacerons le vigneron et le berger, et de cette façon nous aurons du profit.

Les préliminaires ne furent pas longs. Il n'y eut pas à attendre la fin du deuil d'Hassana, vu qu'il n'y a pas de deuil en Turquie pour la mort d'une femme, à moins que le mari ne le porte dans son cœur, ce qui se voit encore quelquefois; mais Hassana était trop occupé pour se donner le loisir de pleurer la défunte. Il chargea l'un de ses amis de demander pour lui la main de l'héritière. J'ai dit qu'elle était orpheline, j'ajoute qu'elle n'avait pas de proches parens, et que son tuteur n'était rien moins que le *mogtar* (comme qui dirait le maire) du village, lequel tuteur ne savait seulement pas si sa pupille était encore parmi les vivans, ou si elle était trépassée. Il agréa sur-le-champ la proposition d'Hassana, et dès le soir du même jour, s'étant arrêté un instant devant la cabane de Fatma (c'était le nom de l'héritière), il l'appela à haute voix; puis, lorsqu'elle parut sur le seuil de sa chétive demeure, il lui dit, d'un ton moitié paternel et moitié rogue: „Fatma, vous allez épouser Hassana de la vallée.“ La foudre eût éclaté aux pieds de la petite, qu'elle n'eût pas été plus surprise. — Moi! fit-elle... Hassana! — Oui, vous et Hassana vous allez devenir mari et femme. — Ah! et quand cela? fit-elle encore. — Dans huit jours, allez. — Et la fiancée rentra chez elle.

Fatma n'étant pas l'héroïne de cette véridique histoire, je ne suis pas tenue de dire quelle impression cette nouvelle produisit sur elle, ni comment se passèrent les huit jours qui précédèrent celui du sacrifice. Je dirai seulement qu'Hassana se trouva pour la seconde fois, depuis six ans, l'heureux époux d'une petite fille de douze ans, tandis que celle-ci se vit transformée comme par enchantement en mère de famille de deux enfans tout éclos, dont l'un, la petite Emina, avait cinq ans, et l'autre, le petit Halil, fils d'Hassana, quatre. Les marâtres, — je veux dire les méchantes belles-mères, — sont rares en ce pays, où les femmes, quoi qu'on puisse en penser, n'ont d'autre affaire que de s'entr'aider à passer le temps. Emina et sa belle-mère jouèrent à cache-cache et dansèrent de toutes leurs forces pendant les courts instans de loisir dérobés aux soins du ménage, car le surcroît de richesse apporté par Fatma exigeait de rudes labeurs. La culture de la vigne devint la grande affaire d'Hassana, qui ne tarda pas à réclamer la collaboration du petit Halil. Il fallait émonder, arroser les ceps, car en Asie-Mineure la terre et le soleil sont si ardens, que la vigne même, privée d'eau, y brûle et se dessèche comme du chanvre ou du riz. Puis venait la saison des vendanges, tâche assez rude, vu surtout le peu de profit qui en résultait. En effet, dans un pays où personne ne fait ni ne boit de vin, où chaque famille récolte plus de raisin qu'elle ne peut en manger dans l'année, que faire de ces grappes pesantes et dorées qui feraient la richesse du vigneron des bords du Rhin ou de la Moselle? A une certaine époque de l'année, Hassana et son fils couchaient dans les champs pour laisser aux raisins de la vigne leur part d'espace sous le toit domestique, les femmes s'employaient en même temps à la confection du *bekmess*, sorte de sirop fait avec le jus de la treille, et dont les Turcs sont fort gourmands; mais après tout il restait encore un prodigieux excédant du fruit précieux découvert par Noé. Il fallait le colporter petit à petit aux divers marchés qui se tenaient à jour fixe à six ou huit lieues à l'entour. Malheureusement le raisin étant toujours en abondance sur ces marchés, les acheteurs faisaient défaut; aussi c'est tout au plus si le produit de la vente couvrait les frais de chaussure exigée pour ces voyages; mais Hassana et son fils paraient à cet inconvénient en marchant nu-pieds.

Quant au troupeau, il formait à la fois l'occupation et le supplice d'Emina, qui n'habitait plus la maison, si ce n'est à de longs intervalles, condamnée qu'elle était à suivre ses chèvres le long des montagnes et des vallées, pendant les jours et les nuits. On comprendrait difficilement dans nos pays civilisés qu'une petite fille, voire une grande fille, pût sans inconvénient s'absenter toute seule de la maison paternelle, pour aller pendant des semaines entières à travers champs, couchant à la belle étoile, sans autre gardien que son dogue et son innocence. En Asie, les choses se passent autrement qu'en Europe, et la jeune fille qui suit son troupeau n'excite pas plus de surprise qu'elle ne court de dangers. Disons encore, pour être sincère, que dans le cas où un malheur lui arriverait, le public n'en serait guère ému, et les parens s'en consoleraient aussi aisément que la victime elle-même.

Quoi qu'il en soit des petites bergères d'Asie en général, rien de fâcheux ne vint troubler la vie calme jusqu'à la monotonie de notre héroïne. — Légèrement vêtue d'un pantalon d'indienne suisse imprimée retenu par une coulisse au-dessus de ses chevilles nues, d'une chemise en calicot blanc retombant sur le pantalon remplissant l'office de jupe, d'une veste de calicot rayé rouge et jaune descendant jusqu'au bas des reins et serrée à la taille par une écharpe de même étoffe; les bras couverts d'abord par les larges manches de sa chemise, et ensuite par celles plus étroites et plus courtes de sa veste; les cheveux tressés et tombant sur ses épaules, la tête couverte d'un *fez*, sur lequel un mouchoir en mousseline fond vert, bigarré de couleurs éclatantes, flottait carrément par derrière à la façon d'un voile; un grand bâton à la main, et ses provisions serrées dans une serviette passée en sautoir: — telle était Emina, lorsqu'elle s'éloignait de la vallée suivant ses chèvres, et suivie par son chien.

En se voyant élevée à la dignité de bergère, la petite fille éprouva comme une velléité de révolte. Elle avait alors neuf ans, et s'était accoutumée à ne rien faire que rire, chanter, danser, cueillir des fleurs et manger du raisin. Passer les jours et les nuits sur les montagnes sans autre société que ses bêtes, cela était un peu triste pour une jeune personne élevée dans l'ignorance de tout devoir et de toute contrainte. Peu à peu cependant elle se fit à sa nouvelle condition. Ses chèvres ne furent plus à ses yeux une seule chèvre multipliée vingt fois, sans cœur ni discernement; son chien ne fut plus une laide machine à japper et à mordre, ni la nature une série monotone de montagnes et de vallées enfermées sous une calotte d'airain embrasé. D'abord Emina fit plus amplement connaissance avec son troupeau: elle remarqua que certaine chèvre rouge aimait tendrement son chevreau, qui de son côté ne se faisait aucun scrupule de planter là son excellente mère pour aller gambader avec ses camarades sans s'inquiéter du bêlement plutôt désespéré que plaintif de la pauvre chèvre rouge. — L'ingrat! se disait Emina en le suivant des yeux. Si ma mère gémissait ainsi lorsque je la quitte, je n'aurais jamais le courage de m'éloigner. Après tout, poursuivit-elle après un moment de silence, il se peut que ma véritable mère eût été ainsi; mais Fatma n'est pas ma mère, et, quoiqu'elle m'aime bien, ce n'est pas de cette façon-là.

Ce qui attirait surtout l'attention d'Emina, c'était le chien du troupeau. — Il n'est pas beau, mon pauvre *Ac-Ciàq*[1], se disait-elle, et presque toutes mes chèvres sont infiniment plus belles que lui. Pourquoi le préféré-je au troupeau tout entier? C'est sans doute que lui aussi me préfère à tout, et que je ne suis pas ingrate comme ce vilain petit chevreau que je ne puis souffrir malgré sa beauté. Ah! ce

---

1) Ferblanc: c'est un nom de chien très commun en Asie.

n'est donc pas tout que la beauté! — Et Emina se trouvait faire ainsi, quoique à son insu, une réflexion plus sensée que n'en fit oncques aucune de ses sœurs en Mahomet.

Mais plus que ses chèvres, ses chevreaux et son chien, le spectacle du ciel, de la terre et des eaux exerçait petit à petit un charme chaque jour plus puissant sur la bergère. Elle en était venue à connaître la position de chaque étoile, à attribuer aux unes une influence favorable, et aux autres de mauvaises intentions, si bien que, pendant les nuits qu'elle passait dans la campagne, elle s'arrangeait de façon à se placer sous le rayonnement des bonnes étoiles et à se cacher des autres sous un arbre ou un taillis. Les plantes aussi, et surtout les fleurs, ravissaient Emina. Elle les examinait avec soin, comptait leurs pétales et leurs pistils, et n'oubliait rien. — A quoi bon tout cela? — se demandait-elle. Et il ne faudrait pas lui en vouloir de considérer la nature sous un point de vue trop utilitaire, car la pauvre enfant n'avait vu dans le jardin de son père que des plantes à l'usage de la cuisine: tout le reste était condamné sous le nom général et collectif de *mauvaises herbes*. Aussi, malgré ses aperçus philosophiques sur la beauté, Emina se demandait-elle si toutes ces jolies choses n'avaient été créées que pour être ramassées et jetées sur un tas de fumier. — Peut-être bien, se disait-elle encore, qu'elles servent à quelque usage que j'ignore, et je voudrais bien en avoir le cœur net.

Il arriva un jour qu'une de ses chèvres, étant malade, mangea avec avidité d'une petite fleur bleue, et parut aussitôt soulagée. — Ah! petite fleur bleue! s'écria Emina ravie, je sentais bien que vous deviez être bonne à quelque chose! — Et dès lors, chaque fois qu'une de ses chèvres paraissait souffrante, Emina cueillait de ces petites fleurs bleues et les offrait à la patiente, qui ne se faisait pas prier pour les brouter.

Une fois son intelligence éveillée, Emina ne borna pas ses études aux propriétés merveilleuses de la petite fleur bleue. Avec quelque empressement que certaines chèvres la recherchassent, il en était d'autres qui, malades d'une autre façon, broutaient des fleurs jaunes ou rouges, ou bien encore des touffes d'herbes festonnées et aromatiques. Emina observait tout et se souvenait de tout. Elle parvint, à force d'observations et de raisonnemens, à se dire que telle plante devait convenir en certains cas, et telle fleur en certains autres, et lorsqu'elle aussi se sentait indisposée, elle s'administrait la plante qui devait, selon elle, la soulager. Elle alla plus loin encore, car ayant éprouvé quelque difficulté à avaler des bouquets de fleurs dont ses chèvres ne faisaient qu'une bouchée, elle imagina de les faire cuire dans de l'eau, comme on faisait à la maison pour le café; elle ramassa des branches sèches, en fit un tas, frotta deux pierres l'une contre l'autre, et mit le feu aux branches; puis, ayant rempli sa gourde de l'eau pure et limpide qui jaillissait entre deux rochers, à peu de distance du lieu dont elle avait fait son laboratoire, elle mit la gourde sur le feu [1]), et jeta dans l'eau qui commençait à bouillir les plantes dont elle

---

1) Les gourdes, après avoir été exposées aux rayons d'un soleil de quarante-cinq ou cinquante degrés, peuvent subir l'action du feu, et on voit souvent les Turcs s'en servir pour faire leur cuisine en plein air.

voulait faire l'essai. La tisane eût un beau succès, et Emina, tout en trouvant la boisson bien amère, ne tarda pas à en éprouver de salutaires effets. — Ceci doit être ce qu'on appelle une médecine, dit-elle, et les gens qui connaissent un grand nombre de plantes et leurs propriétés doivent être des médecins. — Emina songea bientôt à se faire de petites provisions de ses drogues, qu'elle enferma dans des boîtes en papier, et elle se composa en peu de temps une espèce de pharmacie qui n'était pas sans valeur. Une fois convaincue que ces plantes faisaient autant de bien aux créatures humaines qu'aux animaux, elle les administra à quelques enfans malades qu'elle rencontra dans la montagne, et elle devint ainsi un petit docteur, tout empirique à la vérité, mais dont le traitement n'en avait pas moins de succès.

Occupées de la sorte, il n'est pas étonnant qu'Emina ne trouvât pas le temps long. Elle grandissait à vue d'œil, sous l'influence d'un exercice continu et quelque peu violent. Si elle fût demeurée dans l'étroite enceinte de la maison paternelle, enchaînée aux soins accablans d'un pauvre ménage, les dons naturels qu'elle avait reçus de Dieu se seraient desséchés et flétris faute d'alimens et de culture. Livrée à elle-même, soutenue par la contemplation des œuvres immortelles et divines, elle devint une petite personne fort différente des êtres qui l'entouraient; elle acquit un peu de science, exerça son esprit et éleva son cœur à la source du beau et du vrai. Les accidens les plus communs éveillèrent en elle des pensées d'un ordre supérieur, ce qui est un des dons les plus précieux que Dieu dispense à ses élus. Un jour, par exemple, une de ces chèvres mourut. C'était un malheur domestique, et Emina ne put penser sans chagrin au dommage que cette mort allait causer à la famille; mais elle ne s'en tint pas à ces réflexions économiques. — Cela est étrange! se dit-elle d'un air grave en contemplant les restes de la pauvre bête. Il n'y a qu'un instant, elle me regardait comme si elle voulait me parler, et maintenant ses yeux, qui sont encore les mêmes, que j'ouvre, que je vois tels qu'ils étaient naguère, ne me disent plus rien. Est-ce là ce qui est arrivé à ma pauvre mère quand elle est morte? Je me souviens que dans les premiers temps après sa mort, mon père disait toujours en parlant d'elle: „Que Dieu la bénisse!“ Il croyait donc qu'elle existait encore quelque part avec sa volonté et ses sentimens, car il n'aurait pas dit „Dieu la bénisse!“ d'une pierre ou de quelque chose qui ne sentirait pas? Mon père croyait donc que Dieu pouvait lui faire du bien s'il le voulait, et certes il doit le vouloir, car elle était bonne, et la bonté sait se faire aimer. Morte! Mourir! comme ma mère et comme ma chèvre! C'est une chose étrange! Qu'est-ce qui reste et qu'est-ce qui s'en va? Et où donc va-t-elle, cette chose qui s'en va? Dieu le sait, puisqu'on lui recommande les morts. Je me souviens que ma mère a beaucoup souffert ici, car je l'ai souvent vue pleurer: souffre-t-elle encore? Si Dieu aime les bons, comme cela est juste et naturel, s'il peut tout ce qu'il veut, comme cela doit être, puisqu'il a fait toutes les belles choses de ce monde, il doit se complaire à rendre heureux après la mort ceux qui ont souffert sans l'avoir mérité pendant la vie, et cela doit lui être facile.

De raisonnement en raisonnement, Emina en était arrivée à la croyance dans une vie future et éternelle composée de récompenses et de bonheur pour les bons, et d'abandon sinon de châtimens pour les pervers. N'oubliez pas de grâce qu'Emina est femme et Turque, qu'on ne lui a rien enseigné de la religion, des devoirs qu'elle impose, ni des vertus qu'elle inspire, car s'il est faux que Mahomet ait explicitement refusé une âme aux femmes, toujours est-il qu'il a dédaigné de s'expliquer à ce sujet, d'où ses sectateurs ont conclu qu'il n'avait rien à en dire.

II

J'ai dit qu'Emina rencontrait parfois dans la montagne d'autres enfans isolés comme elle, comme elle consacrés à la garde des troupeaux. Parmi ces enfans, il en était un pâle et chétif qui la recherchait plus que les autres, et auquel, sans s'en douter, elle avait déjà sauvé la vie par ses médicamens. Plus âgé qu'elle d'un an et fils d'un habitant du village où la belle-mère d'Emina était née, cet enfant, qui s'appelait

Saed et qui gardait les chèvres de son père, avait une jolie figure, quoique faible et souffreteux. Un jour Emina l'avait trouvé étendu au pied d'un arbre, grelottant la fièvre et si abattu qu'à peine s'était-il aperçu de sa présence. — Saed, lui avait-elle dit, que fais-tu là et où souffres-tu? — Je ne puis atteindre cette branche, avait répondu l'enfant en proie aux rêvasseries de la fièvre, et pourtant elle effleure mon visage, et je sais qu'elle porte un fruit qui apaiserait ma soif. — Emina leva les yeux, vit que l'arbre était un chêne, et que la branche la plus rapprochée du visage de l'enfant était encore à plus de quinze pieds au-dessus de sa tête. — Il ne sait ce qu'il dit, pensa-t-elle, et cela doit tenir à son mal. — Elle courut aussitôt à la source voisine et en rapporta de l'eau bien fraîche qu'elle versa goutte à goutte sur les lèvres brûlantes et desséchées du petit malade en lui disant : — Tiens et bois; ceci te soulagera. — Puis elle examina la peau, les yeux, le teint, le son de voix du pauvre enfant, réfléchit quelque peu, et, prenant son parti, elle tira d'une espèce de sac dont elle avait fait sa pharmacie des boulettes d'un extrait qui pouvaient à la rigueur passer pour des pilules, et qu'elle plaça sur la langue de Saed. S'asseyant ensuite près de lui, elle lui prit la main, posa sa tête appesantie et douloureuse sur ses genoux, et attendit patiemment l'effet du remède.

Pendant le reste du jour, la nuit suivante et une partie du lendemain, elle ne quitta son poste que pour aller chercher l'eau fraîche que le malade demandait sans cesse. Au bout de ce temps, le rideau qui paraissait tiré sur les prunelles de Saed se souleva, et la communication suspendue entre l'esprit du dedans et son organe extérieur se rétablit. Emina s'aperçut de ce changement, et s'adressant sans préambule au convalescent, elle lui dit : — Tu me reconnais maintenant, Saed? Te voilà de retour; tu vois où tu es, et auprès de qui? C'est bien, et comment te trouves-tu?

— Est-ce que je suis malade? répondit l'enfant avec effroi. Pourquoi ne puis-je remuer? Oh! que je suis faible! Que m'est-il donc arrivé, Emina?

— Tu as été malade, mais je crois que te voilà guéri. Qu'as-tu fait de tes chèvres?

— Mes chèvres? répéta Saed de l'air d'abord de quelqu'un qui cherche en vain à rappeler ses souvenirs, et bientôt avec une vive inquiétude. Ah! mon Dieu! que seront-elles devenues? Je me souviens maintenant que, me sentant faible et tremblant, je me suis couché à terre et j'ai fermé les yeux; mais c'est tout ce que je sais. Ai-je dormi longtemps? est-il arrivé malheur à mon troupeau?

— Rassure-toi, Saed; ton troupeau est là-bas avec le mien, sous la garde de nos chiens, et sous la mienne aussi, car, tout en te soignant, je n'ai pas perdu de vue nos chèvres. Essaie de te lever maintenant.

Saed obéit et ne parvint qu'à se mettre sur son séant; il ne souffrait pourtant plus, et il sentait que la santé lui était revenue. — Je suis sûr que c'est toi qui m'as guéri, disait-il à Emina. Merci, Emina, merci, je ne l'oublierai pas.

— Est-ce bien moi qui t'ai guéri? reprit Emina, qui, selon sa coutume, partait d'un point quelconque pour s'élever à des considérations d'un ordre peu accessible en apparence à un enfant de son âge et dans sa position. C'est moi qui ai trouvé une herbe salutaire, mais qui donc m'a parlé un jour que je l'admirais, cette fleur si jolie, et m'a dit : Il y a là-dedans de quoi guérir de la fièvre ? Non, non, ce n'est pas moi. J'ai entendu la voix, j'ai obéi à ses ordres ; mais cette voix n'était pas la mienne, et ce n'est pas moi qui ai commandé, puisque c'est moi qui ai obéi. Ah ! Saed, celui qui comprendrait toute chose serait bien heureux ! Celui que nous nommons Allah jouit sans doute de ce bonheur-là.

Le fait est que Saed, lui, ne comprenait pas le premier mot de ce qu'Emina lui disait là. Il n'avait saisi que le nom d'*Allah*, et il ne trouva rien de mieux à répondre que la banale exclamation si fréquemment employée par les Orientaux : *hich Allah !* (plaise à Dieu !) Emina le regarda un moment avec étonnement, puis elle secoua doucement sa jolie tête et se mit à tracer quelques figures sur la terre avec son bâton.

Saed pourtant ne ressemblait pas au petit chevreau de la chèvre rouge, il n'était pas ingrat : aussi voua-t-il à sa bienfaitrice quelque chose qui ressemblait plutôt à un culte qu'à tout autre sentiment. Partout où il croyait la trouver, il s'y dirigeait; partout où il pouvait la suivre, il la suivait; tout ce qu'elle disait était pour lui article de foi; ses opinions devenaient aussitôt les siennes, même lorsqu'il ne les comprenait pas; ses goûts, il les partageait; ses moindres désirs étaient des lois pour lui; rien enfin n'était à ses yeux aussi beau, aussi parfait qu'Emina. Et ceci me rappelle que je n'ai rien dit encore de la beauté de ma bergère, et que je dois réparer cet oubli, car on ne s'intéresse jamais parfaitement qu'à ceux que l'on connaît.

Que l'on ne m'accuse pas de *fausser la couleur locale*, si je dis qu'Emina avait de grands yeux d'un bleu clair, un nez finement ciselé, une bouche vermeille modelée dans le goût de certaines belles statues grecques, des dents semblables à de petites perles, un teint délicat que le soleil d'Asie n'avait pas encore bruni, de longs cheveux soyeux de cette nuance que les Anglais appellent *auburn*, qu'elle était grande pour son âge, svelte et élancée. Ce genre de beauté est beaucoup moins rare en Orient qu'on ne le croit, et l'on cessera de s'en étonner, si l'on réfléchit d'une part que l'ancienne population de ces contrées était de race grecque, de l'autre qu'un grand nombre de Circassiennes ont donné et donnent encore leur sang aux enfans des conquérans turcs. Quant aux mains d'Emina, c'étaient de vraies mains orientales, petites, fines, potelées, aux ongles taillés en amandes et colorés par une légère couche de *henné*. Ses pieds étaient des pieds d'enfant, ce qui est beaucoup dire, car qui n'a pas remarqué que tous les enfans ont des pieds charmans jusqu'à l'âge où le cordonnier vient en aide à la nature? Mais Emina n'avait jamais confié son pied à un cordonnier. Sa démarche était gracieuse, un peu lente, un peu ondulée, mais naturelle et aisée. C'était, à tout prendre, une charmante personne, et de meilleurs connaisseurs que Saed l'eussent trouvée fort à leur goût. Ce qui rendait sa beauté à la fois plus piquante et plus touchante, c'était son ignorance totale à ce sujet. Jamais elle n'avait vu de glace, et jamais l'idée ne lui était venue de se mirer dans l'eau des fontaines ou des ruisseaux, ce qui, soit dit en passant, ne lui eût pas appris grand'chose, car l'eau mobile est un mauvais miroir, et si Narcisse mourut d'amour pour son image telle qu'il la vit au fond d'un étang, je soupçonne que les agaceries et les complimens de ses voisines l'avaient prédisposé à ce singulier accident.

Le fait est qu'Emina fut fort étonnée d'entendre Saed lui dire un jour et à brûle-pourpoint : Que te voilà belle, Emina ! Et en effet ce jour-là Emina était encore plus jolie que d'ordinaire. Ce n'était pas qu'elle eût une robe neuve, d'une coupe plus élégante ou d'une couleur mieux seyante. J'ai déjà avoué qu'Emina ne portait au lieu de robe qu'une chemise de toile, et quand elle changeait de toilette, c'était à l'insu de tout le monde, vu que ses deux costumes avaient été taillés dans la même pièce d'étoffe, et ne se distinguaient l'un de l'autre par aucun ornement. Ce jour-là toutefois, Emina avait réfléchi plus longtemps que de coutume, et le sujet de ses méditations n'était ni plus ni moins qu'un couple de jolies tourterelles sauvages qu'elle avait vu déjouer, en se réfugiant dans un taillis, les manœuvres d'un faucon. — Qui leur a appris, se demandait-elle, que cet oiseau n'est pas un oiseau comme tous les autres, un ami, un indifférent ? La voix qui a averti les tourterelles n'est-elle pas la même qui m'arrête devant telle ou telle plante, et semble me dire qu'il y a en elle de quoi guérir tel ou tel mal? Cette voix qui parle à chacun son langage, c'est sans doute la voix de Dieu; mais alors Dieu doit être sans cesse auprès de nous, auprès de tous et de chacun, veiller sur nous, s'occuper de nous, mettre sa toute puissance au service de notre faiblesse. Je me sens forte maintenant, je ne suis plus seule au milieu des bois. Quel bonheur! Dieu est avec moi, et je le sais!

Et le joli visage d'Emina s'était éclairé d'une joie si pure et si sublime, que Saed, qui s'était approché d'elle tout doucement et qui l'observait depuis quelques instans en silence, avait eu raison de s'écrier: — Que tu es belle aujourd'hui, Emina!

— Suis-je belle? répondit-elle en entendant ce compliment pour la première fois de sa vie. Tu me fais plaisir de me dire cela, Saed, quoique je ne sache pas à quoi cela peut me servir d'être belle.

— Oh! je te le dirai, moi, reprit Saed, qui sur certaines institutions sociales était beaucoup plus avancé que son amie, cela peut te servir d'abord à trouver un mari.

— Si ce n'est que cela, je ne m'en soucie guère. Ma mère Fatma était bien gaie lorsque mon père l'a épousée ; mais à présent toute sa gaieté a disparu, d'où j'ai conclu que le mariage n'était pas la plus belle chose du monde.

— C'est selon le mari, Emina. Ton père est vieux (il avait vingt-huit ans, ce qui est un grand âge en Asie-Mineure, où l'homme se marie presqu'au sortir de l'enfance), il est sérieux, de mauvaise humeur quelquefois, et il ne rend pas sa jeune femme heureuse ; mais suppose un moment que je devienne, moi, ton mari ! Hein ! qu'en dis-tu ?

Emina se préparait à répondre, lorsque d'affreux hurlemens retentirent. Ils se levèrent brusquement, regardèrent du côté d'où partait le bruit, et aperçurent un loup aux prises avec le fidèle *Ac-Ciâq*. Emina fit un pas en avant, Saed la retint par le pan de sa robe, en lui disant d'une voix étranglée par la peur : — Sauvons-nous, Emina, car, après avoir dévoré le chien, le loup se jettera sur nous. — Me sauver ! s'écria Emina. Abandonner le troupeau de mon père! abandonner mon pauvre chien! — Et se rappelant les conclusions rassurantes auxquelles elle était arrivée un moment auparavant, elle leva machinalement les yeux au ciel; puis, s'armant du bâton ferré qui l'aidait à gravir les montagnes et ramassant des pierres, elle s'élança en poussant de grands cris vers le lieu du combat. *Ac-Ciâq* était un dogue féroce et vigoureux, il portait en outre un collier en fer hérissé de pointes et de crocs contre lesquels le loup se blessait chaque fois qu'il essayait de l'attaquer. Les dents du chien avaient déjà entamé en plusieurs endroits la peau du loup, et celui-ci eût peut-être battu en retraite, s'il eût su comment se débarrasser du terrible collier en fer qui s'était accroché à son poil. Aussi, lorsqu'il entendit le son menaçant d'une voix humaine et qu'il aperçut un bâton levé au bout de deux bras, il ne s'arrêta pas à examiner si la voix, les bras et le bâton représentaient un ennemi vraiment formidable; mais, se dégageant par un effort désespéré des dents du collier, auquel il abandonna une grosse touffe de sa crinière, il prit la fuite.

Emina n'avait pas eu peur; elle fut très

étonnée lorsqu'en se retournant pour adresser quelques mots à Saed, elle ne l'aperçut pas à ses côtés. Sa première pensée fut qu'il avait fait un détour pour surprendre l'animal dans la montagne, la seconde la ramena plus près du vrai: Emina ne savait pas encore qu'un poltron est un être ridicule, mais elle sentit confusément que la peur peut être aussi mauvaise conseillère que l'ingratitude. — Après tout, se dit-elle, il ne sait pas que Dieu veille sur lui. Et moi aussi, j'aurais peur sans cette pensée-là; il faut que je l'avertisse. — En cela, elle se calomniait, la chère petite, car ce n'est que sur les cœurs naturellement braves que le raisonnement peut exercer quelque influence au moment du danger. Si Saed avait su, pour parler comme Emina, que Dieu ne le quittait point dans le péril, il est probable qu'il l'eût oublié à la vue du loup. Quoi qu'il en soit, les premiers soins d'Emina furent pour son chien, qui n'avait reçu que de légères égratignures, et les seconds pour Saed, qu'elle trouva à la place où elle l'avait laissé, à demi mort de peur. — Dieu soit loué (*mach Allah*)! te voilà! s'écria-t-il tout tremblant du plus loin qu'il la vit. Le loup est-il parti? N'as-tu pas de mal?

— Non, répondit Emina, et le loup est loin d'ici; mais s'il s'était tourné contre moi, ce n'est pas toi qui m'aurais défendue, Saed.

L'enfant sentit le reproche, que sa conscience lui avait déjà adressé, et de blême qu'il était, il devint cramoisi. — Pardonne-moi, Emina, dit-il lorsqu'il eut recouvré la voix; mais que pourrais-je contre un loup? Il m'eût dévoré ainsi que toi, et... le beau profit!

— Non, Saed, reprit Emina d'un air grave et quelque peu sévère, ce n'est pas cela que tu dois dire et ce n'est pas cette réflexion qui t'a retenu, ou bien il me serait impossible de t'aimer; la vérité est que tu as eu peur. Eh bien! viens ici, je vais te dire quelque chose qui te donnera du cœur à l'avenir. Je t'entends souvent dire: *kich Allah! mach Allah!* comme mon père, comme ma mère, comme tout le monde enfin; mais as-tu jamais réfléchi à ce que ces mots signifient? Je parierais que non, ou bien tu les prononcerais d'une autre façon. Quand tu dis: Que la volonté de Dieu soit faite! tu crois que Dieu veut ton bien; quand tu dis:

Dieu soit loué! tu reconnais que Dieu t'a accordé un don, un bienfait. Tu ne t'en rends pas compte, mais ces mots n'ont pas d'autre sens. Sache donc qu'en effet Dieu ne nous perd pas de vue une seule minute, ni toi, ni moi, ni aucune créature humaine, ni aucun animal petit ou grand, beau ou laid. Les arbres, les rivières, les champs, les étoiles, tout est dans l'œil et dans le cœur de Dieu; mais plus une de ses créatures est bonne et plus le cœur de Dieu est tendre pour elle, ce qui se comprend de soi-même, car il est naturel d'aimer ce qui est bon et de préférer ce qui est meilleur.

— Qui donc t'a enseigné tout cela? fit Saed.

— Personne, répliqua Emina; mais si je suis convaincue que Dieu nous vient en aide dans nos dangers et qu'il nous suggère les moyens de les éviter, c'est que moi-même j'ai reçu ses avis, et aussi parce que j'ai vu comment il fait parvenir à d'autres êtres ces mêmes conseils et ces mêmes leçons. M'entends-tu, Saed? Pourquoi me regarder avec des yeux qui te sortent de la tête? Me comprends-tu?

— Je crois que oui, et en tout cas je t'écoute. Mais comment sais-tu que ces avis dont tu parles te viennent de Dieu? Je sais bien que les derviches adressent des questions à Dieu, qui leur répond, et qui fait d'ailleurs tout ce qu'ils désirent; mais toi, Emina, tu es une femme et non pas un derviche; tu n'as pas le sel de la Mecque, ni la pierre verte, ni...

— Je ne sais ce que font les derviches, reprit Emina, et je comprends que certains hommes entendent la voix de Dieu plus souvent que d'autres. Pour ce qui est de moi, je sais que certains avis me sont venus de Dieu, parce qu'ils ne pouvaient me venir d'ailleurs, et aussi parce qu'ils étaient si sages, si opportuns, si nécessaires, que nul autre que le Dieu tout-puissant et tout miséricordieux ne pouvait me les envoyer. Toi-même, si jamais un péril te menace, adresse-toi à Dieu, tu l'écouteras, et tu le laisseras faire. Je ne te demande que cela! Écoute la voix qui te parle dans ton cœur, c'est la voix de Dieu.

Malgré les avertissemens d'Emina et la bonne volonté de Saed, mon rôle d'historiographe m'oblige à avouer que Saed ne fit pas de grands progrès dans l'art de communiquer avec celui dont Emina disait de si jolies choses avec un si joli visage. Dans deux ou trois occasions importantes, il s'étudia à écouter les voix confuses qui s'élevaient dans son cœur, mais sans pouvoir reconnaître celle qui lui avait été annoncée. Il entendait bien, outre la voix de ses passions ou de ses instincts, une autre voix plus mélodieuse et plus puissante qui disait juste tout le contraire des premières; mais cette voix, il n'y avait pas à s'y méprendre, et Saed ne s'y méprit pas: c'était la voix d'Emina. Faute de mieux, Saed se décida à écouter celle-ci, et il fit bien. Plus d'une fois, lorsque sa paresse l'invitait à se reposer à l'ombre des grands chênes et à laisser ses chèvres devenir ce qu'elles pourraient, il se rappela les leçons d'Emina, et résista à la tentation. Il fit aussi de louables efforts pour vaincre sa timidité naturelle, car Emina lui avait dit: — J'ai toujours entendu dire que l'homme étant fort et la femme faible, c'est à celui-là qu'il appartient de défendre et de soutenir celle-ci. Cependant si nous étions mari et femme, Saed, si nous avions de petits enfans, et qu'un danger nous menaçât, que ferais-tu? Te sauverais-tu, et nous laisserais-tu nous en tirer comme nous pourrions?

Ce reproche piqua si fort Saed, qu'à partir de ce jour il se promit de devenir aussi brave qu'un Osmanlis des anciens temps. De son côté, la petite bergère se complaisait dans un double sentiment, celui de l'affection qu'elle éprouvait pour Saed et de l'ascendant qu'elle venait de conquérir sur lui; mais à l'époque même où les exemples et les paroles d'Emina commençaient à exercer sur Saed une salutaire influence, un grand changement se préparait dans la destinée de la fille d'Hassan. Le sort tenait en réserve à ces deux enfans une catastrophe qui devait bouleverser leur existence, si peu agitée jusque-là.

III

Comme tous les Turcs de l'Asie-Mineure (je veux croire qu'il en est autrement dans le reste de l'empire), Hassan-Agha était criblé de dettes. Quand un créancier le pressait un peu trop, il se mettait en campagne, frappait à toutes les portes, et ne s'arrêtait pas qu'il n'eût ramassé, sinon la totalité de la somme due, du moins un à-compte considérable. C'est ainsi, et jamais autrement, que l'on paie ses dettes en Asie-Mineure, en en contractant de nouvelles, et l'intérêt légal y étant de 36 à 40 pour 100, il en résulte que les prêteurs amateurs exigent quelquefois le double, et que le malheureux, une fois dans la carrière des emprunts, n'a plus la moindre chance de salut. Il ne meurt pas de faim pour cela, car tant qu'il a des bras, de la terre devant lui, et des bois par derrière, il est assuré de récolter assez d'orge, de blé, de millet et de courges pour suffire à sa consommation, et d'abriter sa tête sous les poutres et sous les planches qu'il a coupées dans la forêt. Reste le chapitre de la toilette, et je mets en fait que tous les accoutremens à l'usage des deux sexes ne sont jamais achetés qu'avec de l'argent emprunté; j'en dirais volontiers autant des instrumens de labour et du bétail. Hassana n'était pas homme à échapper à la loi générale. Il s'était endetté à la mort de son père, à son premier mariage, lors de son veuvage et lors de son second mariage, sans compter les cas extraordinaires, les accidens, les maladies, les mauvaises années, les bêtes mangées par les loups, etc. Aussi devait-il de l'argent à son voisin de droite, à son voisin de gauche, au *mogtar* de son village, et surtout au banquier du gouvernement, sorte de receveur chargé de percevoir le tribut et de le transmettre à la capitale; mais le créancier qui à lui tout seul inquiétait Hassana plus que tous les autres réunis, c'était un certain bey des environs, qui avait eu soin d'assurer sa créance sur les terres d'Hassana. Ce bey s'était tenu tranquille pendant plusieurs années. Néanmoins cette réserve discrète des temps passés rendait ses exigences actuelles encore plus effrayantes, car on n'avait pas la consolation de se dire: Il se calmera, comme cela lui est arrivé déjà tant de fois!

Hamid-Bey avait depuis peu prévenu Hassana que son argent lui étant nécessaire, il était décidé à ne rien négliger pour rentrer dans ses fonds. L'avertissement avait été réitéré plus d'une fois, et Hassana était au désespoir. Malgré ses courses multipliées et ses tentatives incessantes, il n'avait pu compléter la somme due à Hamid-Bey, et les quelques piastres qu'il avait recoltées lui avaient été octroyées à quelque chose comme 80 pour 100 d'intérêt. Ce fut sur ces entrefaites, et lorsque le désespoir d'Hassana était à son comble, qu'Hamid-Bey se présenta chez lui, et lui tint à peu près ce langage :

— Noble Hassana, mon cher ami, mon âme, voulez-vous ou ne voulez-vous pas me payer? Voilà bien des fois que je vous adresse la même question.

— Votre excellence peut-elle douter de mes bonnes et loyales intentions? Que votre excellence me rende la justice de croire que mon vœu le plus ardent est d'accord avec le sien à ce sujet. Je suis, grâce à Dieu, en mesure aujourd'hui de conformer mes actions à mes discours.

Hamid-Bey ouvrit de très grands yeux.

— Oui, excellence, quoique je ne sois pas encore en état de m'acquitter entièrement, je puis du moins alléger le poids dont mon âme reconnaissante est chargée. J'ai là pour votre excellence...

— Qu'avez-vous pour mon excellence, noble *effendi*? repartit le bey, qui avait remarqué l'hésitation d'Hassana, et qui n'en augurait rien de bon.

— J'ai... cent piastres...

— Cent piastres! noble Hassana! Et vous m'en devez deux mille? Y pensez-vous? Autant vaut ne rien m'offrir du tout.

— Mais, excellence, ce n'est qu'un petit à-compte pour vous faire prendre patience. Après la récolte...

— Bon, parlez-moi de la récolte maintenant! Et vous n'avez pas encore semé. Ah! ces terres-là ont bien l'air de venir à moi! Leur étendue n'est pas considérable, mais vous êtes un bon cultivateur, Hassana, et votre raisin est excellent. Je ne serais pas fâché d'ailleurs d'avoir dans cette vallée un petit coin de terre à moi, où je viendrais passer les mois d'hiver, car il fait froid sur ma montagne. Voyons, noble Hassana! Vous voilà tout abasourdi! Comme vous pâlissez! Vous y tenez donc beaucoup à votre propriété?

Le pauvre homme ouvrit la bouche pour répondre qu'en effet il y tenait infiniment, mais la voix lui manqua, et il garda un morne silence, faisant de louables efforts pour ressaisir cette apparence de tranquillité stoïque que les Turcs considèrent comme indispensable à la dignité humaine. Après s'être livré quelques instans à ses réflexions, le bey reprit : — Je vois que la pensée de renoncer à ces lieux vous afflige, et je voudrais vous épargner ce chagrin. Peut-être y aurait-il moyen de tout arranger. Vous avez une fille?

— Oui, excellence, répondit Hassana, qui crut voir le paradis s'ouvrir devant lui.

— Quel âge a-t-elle?

— Bientôt treize ans, excellence.

— Diable! c'est beaucoup... Et avez-vous songé à la marier?

— Pas encore, excellence; elle me sert à garder mes chèvres, et partant, je ne suis pas pressé.

— Vous avez tort, vous avez grand tort, car à treize ans une fille n'a déjà plus de temps à perdre. Voyons, voulez-vous me la donner?

— A vous? A votre excellence? Mais assurément. Ma fille ne vaut pas sans doute le prix...

— Un moment, un moment! Vous ne m'avez pas compris. Je ne veux pas payer votre fille deux mille piastres. Si je l'épouse, votre dette subsistera comme auparavant, si ce n'est que je consentirai à en attendre le remboursement pendant cinq ans. Vous me donnerez, en outre, votre vie durant, quatre chevreaux, cent oques de raisin, dix mesures d'orge et trois voitures de paille par an. Voilà mes conditions.

Qu'on me permette une courte digression au sujet de ce mariage. Hassana avait espéré d'abord qu'il s'agissait de vendre sa fille pour deux mille piastres à un grand seigneur, ce qui ne blessait aucunement les susceptibilités paternelles de son cœur turc. Pareilles choses ont lieu tous les jours parmi les personnages les plus considérables de l'empire. La femme, en tant que femme, y est cotée si bas sur l'échelle des mœurs et du sentiment, qu'elle ne peut guère déchoir. L'esclavage d'ailleurs n'a rien de dur ni d'humiliant dans ces contrées, et la concubine se trouve matériellement et moralement dans la même condition à peu près que l'épouse légitime. Hassana eût donc été le plus heureux des Turcs s'il eût pu échanger sa fille contre un reçu de deux mille piastres signé Hamid-

Bey. Reste à expliquer maintenant pourquoi le bey préférait une femme à une esclave, et la raison en est si simple que j'ose à peine la dire: c'est que l'une lui revenait meilleur marché que l'autre. Non-seulement il conservait par son mariage tous ses droits sur la terre d'Hassana, et il imposait à ce dernier une redevance assez considérable, mais il ne se chargeait pas d'une esclave, qui est souvent un meuble fort dispendieux. Si elle est mécontente de sa destinée, si son maître lui inspire une aversion insurmontable, si les épouses légitimes de celui-ci lui rendent la vie par trop dure, l'esclave a le droit de forcer son maître à l'établir quelque part à son gré, à lui faire un présent que le cadi ou le juge se réserve de fixer, et qu'il grossit de son mieux afin que sa part soit meilleure. La femme légitime ne jouit pas des mêmes avantages; elle peut, à la vérité, réclamer le divorce, qu'elle obtient même sans de trop grandes difficultés, mais cela arrive rarement. Le mari se borne dans ce cas à restituer la dot, quand il en a reçu une, et comme en même temps il se fait rendre par les parens de la femme la somme qu'il leur a donnée lorsqu'il a épousé leur fille, chacun rentre dans ses déboursés, sans se trouver ni plus riche ni plus pauvre qu'avant le mariage. Ici par exemple la dot était nulle, et le prix payé par Hamid-Bey à Hassana pour l'achat d'Emina se montait à cinquante piastres. De semblables mariages sont très communs en Turquie. On croit généralement qu'une jeune fille élevée dans la pauvreté coûte moins cher, si elle ne rapporte pas, qu'une demoiselle élevée et nourrie dans des habitudes de luxe et d'oisiveté. Hamid-Bey savait bien qu'Emina ne le ruinerait ni en frais de toilette, ni en essences, ni en cosmétiques, ni même en confitures ou sucreries. D'ailleurs il était marié depuis plusieurs années à la veuve de son frère aîné, qui, plus âgée que lui de deux ans, ne lui avait donné que cinq enfans, dont le plus jeune comptait alors six printemps. Il avait donc fait preuve d'une longanimité admirable, et il devenait urgent pour lui de s'unir à une autre femme, qui, plus jeune et plus robuste, pût compléter sans retard ni interruption sa douzaine d'héritiers.

Le contrat de mariage ou de vente entre Hassana et Hamid-Bey fut bientôt signé, et les parties contractantes se séparèrent fort satisfaites l'une de l'autre, tout en se promettant *in petto* de se duper réciproquement et de toute leur finesse lors de la mise à exécution des stipulations pécuniaires.

Il faut maintenant faire connaissance avec Hamid-Bey. Il était à peu près du même âge qu'Hassana, qui passait, lui, pour un vieillard; mais le riche étant toujours d'une dizaine d'années plus jeune que le pauvre, Hamid-Bey tenait encore sa place parmi les jeunes gens. D'une taille un peu au-dessus de la moyenne et bien prise, la vigueur de ses formes nuisait pourtant à leur élégance, et un observateur un peu attentif y eût découvert tout d'abord des menaces d'obésité. Son visage était plutôt rond qu'ovale, et son teint parlait tout haut des ardeurs du soleil d'Asie. Ses yeux noirs, très grands et à fleur de tête, souriaient tantôt avec la voluptueuse douceur d'un mangeur d'opium, tantôt ils s'allumaient du sombre feu du Tartare. Il avait le nez fin, bien modelé, aussi éloigné du type grec que du romain; sa bouche, grande, bien découpée, aux lèvres un peu épaisses, mettait à découvert des dents longues et aiguës d'une blancheur sans tache. Une moustache bien tenue ombrageait seule ce beau visage, qui paraissait dédaigner l'ornement réputé indispensable d'une longue barbe: tel était l'époux que l'on préparait à Emina, tel était le seigneur et le maître auquel on allait livrer cette créature naïve et inculte, ce corps accoutumé à un exercice constant et au grand air, cette âme fière, forte et contemplative.

Hassana eut quelque peine à lui faire comprendre et accepter sa nouvelle position. — Je t'ai mariée, Emina, — lui dit-il un jour qu'elle revenait de la montagne. La première pensée d'Emina fut que Saed s'était expliqué avec son père, et que ce mariage, auquel elle n'avait pas encore réfléchi bien sérieusement, allait véritablement avoir lieu. — Nous avions le temps d'attendre, lui répondit-elle; mais, puisque ce mariage vous convient et que Saed est si pressé, je le...

— Saed? Quel rapport y a-t-il entre Saed et ton mariage? Réponds vite, parleras-tu?

— Je croyais, mon père, que vous parliez de mon mariage avec Saed. Qui donc songe à moi, si ce n'est lui?

— Celui qui t'a demandé en mariage est

bien un autre personnage que ce petit idiot de Saed! Ce n'est rien moins qu'Hamid-Bey.

— Hamid-Bey! Vous plaisantez, mon père.

— Je ne plaisante pas, ni lui non plus. Ton mariage est arrêté, et tu seras sa femme dans trois semaines.

— Comme vous voudrez, mon père. Irai-je toujours dans la montagne avec le troupeau?

— Jusqu'au jour de ton mariage assurément, mais après, non. Tu habiteras le harem de son excellence, et tu n'en sortiras jamais. Oh! tu auras le temps d'engraisser; tu seras bien heureuse; tu n'auras rien à faire.

— Pardon, mon père, si je vous parle encore de Saed. Je ne songe plus à l'épouser, puisque vous en avez décidé autrement; mais comment m'y prendrai-je pour le voir et causer avec lui, si je ne dois pas quitter le harem, où il n'entrera pas sans doute?

— Mais tu n'as que faire de Saed; tu ne dois plus jamais ni le voir, ni lui parler, ni songer à lui. Tu ne verras plus d'autre homme que ton mari. Tu sais bien que cela se passe ainsi dans tous les pays du monde à l'égard des femmes mariées.

— Mais Saed est un enfant, mon père; nous sommes accoutumés l'un à l'autre, et nous ne nous résignerons jamais à nous séparer ainsi, lui surtout.

— Je me soucie bien de sa résignation! Ce qui m'importe, c'est que tu ne fasses pas de sottises et que tu comprennes bien tes devoirs. Ton mari n'est pas un modèle de patience, tiens-toi-le pour dit, et si tu le fâches, tu t'en repentiras. Saed aussi fera bien de ne pas se trouver sur son chemin.

— Mais qu'est-ce que cela fait à Hamid-Bey que j'aille dans la montagne avec Saed? J'y suis bien allée jusqu'ici, et vous n'y avez rien trouvé à redire. Pourquoi le bey ne ferait-il pas de même? Je resterai à la maison quand il y aura de l'ouvrage.

— Allons, je vois que tu as pris de mauvaises habitudes. Si tu avais vécu plus souvent à la maison, tu ne serais pas si ignorante, et tu ne dirais pas tant de sottises. Sache donc qu'en prenant un mari, une jeune fille prend un maître, qu'elle doit lui obéir en toute chose, le servir de même, ne voir que lui, n'être vue que de lui, ne parler et ne penser qu'à lui. La femme d'un bey surtout ne sort du harem que huit ou dix fois par an pour aller au bain, et encore sort-elle le visage couvert et entourée de gardes qui ne permettent à personne de l'approcher ni de la regarder. Et si la femme mariée manque à quelques-uns de ses devoirs, il lui arrive malheur.

— Et que lui arrive-t-il, mon père?

— Ah! il lui arrive, par exemple, qu'on n'entend plus parler d'elle. Je me souviens, lorsque j'étais encore enfant, que j'admirais de loin les esclaves noirs et tout le cortége qui suivait au bain la femme d'Osman-Bey, père d'Hamid-Bey. On la disait fort belle, et rien qu'à la voir marcher, on devinait qu'elle n'était pas gaie. Un mois, deux mois, trois mois s'écoulèrent sans que le cortége passât, comme il le faisait d'ordinaire, devant ma porte. Je me risquai un jour à demander à un de mes voisins si la femme du bey ne se baignait plus. — Chut! me répondit-il, elle a pris un bain qui lui suffira jusqu'au jour du jugement dernier. J'insistai pour qu'il m'expliquât le mystère, et voici ce que j'ai appris: Osman-Bey s'était aperçu que sa femme pleurait beaucoup, cela lui avait donné des soupçons. Il l'avait questionnée, et la pauvre fille lui avait avoué avoir aimé avant son mariage un sien cousin, lequel était parti désespéré, et dont elle n'avait plus reçu de nouvelles. Après avoir écouté ce bel aveu, Osman-Bey quitta la chambre sans mot dire; mais il y rentra bientôt, suivi de deux esclaves noirs qui prirent la femme dans leurs bras, lui lièrent les mains, les pieds et la tête, l'enfermèrent dans un sac et jetèrent le sac dans la rivière. Voilà mon histoire, Emina, et je crois (quoique je n'en sois pas sûr) que c'est de cette femme-là qu'Osman-Bey a eu le fils que tu vas épouser. Prends bien garde à toi. Je t'ai avertie; j'ai fait mon devoir de père; le reste te regarde. Ah! encore un mot... Le bey a déjà une femme, c'est la veuve de son frère aîné; elle est vieille, ne lui donne plus d'enfans, et c'est pour cela qu'il s'est décidé à prendre une autre femme. On dit qu'Ansha (c'est ainsi qu'on la nomme) a été fort belle, qu'elle est très habile, et qu'Hamid-Bey ne fait rien sans la consulter. Tâche donc de t'en faire une amie; c'est, je crois, le meilleur moyen de vivre en paix avec le bey. Et maintenant, va rejoindre tes chèvres.

Elle y alla; mais à peine avait-elle fait quelques pas vers l'étable, que, s'arrêtant soudainement et tournant vers son père son visage pâle, elle lui dit d'une voix ferme, quoique triste: — Mon père, si les choses se passent comme vous venez de me le dire, je ne resterai pas longtemps dans le harem du bey.

— Et où donc iras-tu, malheureuse enfant?

— Là où sont allées ma mère et la mère du bey.

Et elle retourna à ses chèvres.

— Bah! bah! propos de petite fille, marmotta Hassana. Après tout, cette enfant a été mal élevée; elle n'est pas comme tout le monde, et elle aura de la peine à se tirer d'affaire. Elle ne m'a pas même demandé si sa robe de noce serait en satin de Damas...

Je n'essaierai pas de dépeindre le désespoir de Saed, lorsqu'il apprit la grande nouvelle. Il ne parlait de rien moins que d'attendre le bey au coin d'un bois, de lui tirer un coup de fusil, de mettre le feu à la maison, d'enlever Emina; mais celle-ci n'eut pas grand'peine à lui faire comprendre qu'Hamid-Bey appartenait à une famille puissante, qu'on ne l'offenserait pas impunément, que les fugitifs seraient poursuivis, traqués, puis séparés et punis. Elle n'eut pas grand'peine à lui faire entendre cela, parce que Saed savait très bien au fond du cœur qu'il proposait des choses impraticables, mais cela le soulageait de former des projets fous qu'il n'avait pas le dessein d'exécuter et de combattre ensuite les raisonnemens que hasardait Emina pour le ramener à de plus sages pensées. Emina de son côté lisait assez couramment dans le cœur de son petit ami; mais, voyant que cette gymnastique de l'âme allégeait sa peine, elle s'y prêtait de bonne grâce, oubliant pour un moment ses propres chagrins, bien plus vifs, quoique moins bruyans. Elle s'étonnait de cette manière de sentir si différente de la sienne, elle ne la condamnait pas. C'est qu'il y a du bon chez les femmes, même parmi les moins civilisées. Chose étrange toutefois, cette abnégation féminine déplaît toujours à l'homme en faveur duquel elle s'exerce. Saed en effet s'avisa de chercher querelle à Emina sur la façon dont elle oubliait sa propre peine pour ne s'occuper que de la sienne à lui, et de déclarer qu'une douleur sur laquelle on possède autant d'empire n'est pas de celles dont on meurt. — Après tout, dit-il dans un intervalle de sanglots et de gémissemens, j'ai tort de t'importuner ainsi d'un désespoir que tu ne partages pas. Il est facile de voir que ce mariage te sourit. Tu vas devenir une grande dame, tu ne garderas plus les chèvres, tu boiras ton café, tu fumeras ton chibouk ou ton narghilé depuis le matin jusqu'au soir. Ah! qui me l'eût dit il y a huit jours, qui me l'eût dit hier encore que tu changerais de la sorte et si vite? Moi qui t'aime tant! Ah! c'est bien mal, Emina, c'est bien mal! — Et il se reprit à sangloter et à s'arracher les cheveux.

Emina lui répondit de sa douce voix, un peu tremblante: — Je ne t'en veux pas de ton injustice, mon pauvre Saed; c'est la souffrance qui te rend injuste, et tu souffres à cause de moi. Crois-moi, Saed, je suis la plus à plaindre des deux. Tu me perds, mais que de choses te restent! Tu reviendras dans ces lieux que nous avons si souvent parcourus ensemble; tu t'asseoiras, à l'ombre de ces arbres, sur ce frais gazon que nous aimons tant. Tes chèvres viendront encore te lécher les mains, tes chiens accourront toujours à ta voix, tu boiras l'eau limpide de la fontaine, tu te baigneras dans la rivière qui coule à nos pieds, tu penseras à moi, tu te rappelleras nos beaux jours, et tu seras libre de pleurer à ton aise. Moi, je passerai les jours et les nuits dans une chambre dont il ne me sera pas permis d'ouvrir les fenêtres à ma fantaisie, j'étoufferai entre quatre murailles! Je ne serai entourée que d'inconnus, d'indifférens, d'ennemis, et Dieu sait de combien de rivales! Heureusement je sais un remède aux plus grands maux. Ce remède me sera administré tôt ou tard par mon créateur: si je suis malheureuse, je le supplierai de se hâter; si je suis contente, je verrai l'heure suprême approcher avec effroi; mais heureuse ou affligée, cette heure viendra, et cela me console.

— Pauvre Emina! dit alors naïvement Saed, est-il bien vrai que tu souffres? Puisqu'il en est ainsi, je te rends toute mon estime et tout mon amour. Oh! je t'aime bien, Emina! je t'aime bien, et c'est la pensée de te perdre qui me rend si méchant.

Les deux enfans passèrent une triste journée. Ils étaient assis l'un à côté de l'autre, dans un des sites que préférait Emina. C'était sur les bords d'un torrent qui roulait au fond d'une étroite vallée, entre des prairies et des bosquets de saules qui trempaient leurs rameaux recourbés dans l'eau courante. A quelques pas plus loin, la scène, de riante et paisible qu'elle était, devenait soudainement sombre et effrayante. Des rochers taillés à pic, sortis comme par enchantement de ces vertes prairies, formaient d'immenses arceaux sous lesquels le torrent se précipitait avec bruit, se heurtant et se brisant aux énormes pierres qui tapissaient son lit. La route, suivie d'ordinaire par les voyageurs peu nombreux qui traversaient ce canton, se perdait dans le torrent, et ce n'était qu'en marchant dans l'eau jusqu'à mi-corps ou jusqu'au poitrail des chevaux que l'on atteignait l'issue de ce défilé, dans lequel la lumière du soleil pénétrait à peine. C'était sur le seuil de cette sombre nature, sur les dernières limites de ce paysage calme et serein, qu'Emina se plaisait à contempler les chocs et les ténèbres qui venaient expirer à ses pieds. — Hélas! se disait-elle ce jour-là, je vais marcher en avant. Adieu, frais ombrages, eaux tranquilles, je vais entrer dans le sombre défilé, lutter contre les vagues, déchirer mes pieds aux pierres du torrent! Qui sait si je reverrai jamais la lumière, ou si, sanglante et brisée, je serai jetée sur le rivage lointain?

Inutile de dire que les deux enfans formèrent des projets pour l'avenir, ou pour mieux dire, ce fut Saed qui les fit et Emina qui y prit part, pour ne pas le replonger dans son désespoir. Cette entrevue ne fut pas la dernière. Pendant les trois semaines qui s'écoulèrent avant le mariage, Emina et Saed se rencontrèrent tous les jours et passèrent le temps à se répéter les mêmes choses. Je dois avouer qu'Emina éprouvait quelque lassitude de ces scènes cent fois renouvelées et qui n'aboutissaient à rien. Elle eût préféré employer ces derniers beaux jours à puiser des forces contre l'avenir; mais Saed avait besoin de gémir, cela lui faisait du bien, et comme entre deux malheureux celui qui souffre le moins est celui qui crie le plus fort, Saed usait de son droit en poussant des hurlemens à en assourdir les échos et à fendre les rochers.

Depuis que le monde est monde, ni ceux qui supplient le temps de ralentir sa marche, ni ceux qui le conjurent de la hâter n'ont obtenu le moindre succès. Saed subit la loi commune, et malgré ses larmes, malgré ses prières et certaine visite à un iman fort renommé pour son savoir et sa puissance surnaturelle, le jour des fiançailles, voire celui des noces, arrivèrent comme si de rien n'était.

IV

La veille de ce jour funeste, Emina fut remise dès l'aube aux matrones du village voisin, auxquelles appartenait le privilége de la faire belle. La toilette des fiancées turques peut être considérée comme un premier degré de torture, apprentissage utile et salutaire sans doute à la jeune fille qui va entrer dans un harem. Emina fut donc revêtue : — d'une chemise en soie blanche, — d'un énorme pantalon de satin de Damas rayé jaune, noir, rouge, vert, — d'une seconde chemise en calicot blanc, — d'une petite veste en satin rose, — d'une veste plus ample et plus longue, en satin de Damas rouge à petites fleurs, — d'une énorme écharpe en cachemire français qui faisait huit ou dix fois le tour de sa taille, — d'une longue robe, que nous nommerions volontiers robe de chambre, traînant jusqu'à terre, ouverte sur les côtés et sur le devant, en satin de Damas pareil à celui du pantalon. Quant à la coiffure, elle consistait dans une calotte de coton blanc, dans un mouchoir roulé plusieurs fois autour de la calotte, dans un *fez* très élevé, en laine rouge, placé sur la calotte et le mouchoir, donnant à la coiffure la forme d'un pot en terre cuite renversé. Elle se complétait par un voile de crêpe vert, brodé en paillettes d'or, flottant sur le fez, et par un mouchoir de coton rouge qui, posé carrément sur la tête, couvrait le visage et descendait jusque sur la poitrine. Venait enfin une sorte de drap de lit qu'on nomme un voile en Asie, et qui enveloppait de la tête aux pieds la pauvre fille. On était alors à la mi-juin. Quant aux bijoux, nous parlerons d'abord de deux ou trois pendans d'oreilles fichés en différens points des oreilles d'Emina, et rattachés sous son menton par plusieurs chaînettes en or, en argent ou en perles, d'un médailler complet cousu sur une pièce d'étoffe et placé sur la poitrine de la victime, de quelques fleurs en diamans piquées sur le fez, et qui étaient, on s'en doute bien, un présent du futur.

C'est à regret que je poursuis la description rigoureusement exacte de cette toilette. Dire que les beaux sourcils châtains d'Emina étaient entièrement couverts par une ligne noire qui, partant d'une tempe, atteignait l'autre sans solution de continuité, et ne tenait aucun compte du nez, si ce n'est par un petit crochet géométrique destiné à en indiquer la naissance; dire que son visage était enduit d'une couche blanche sur laquelle se détachaient au-dessous des pommettes des plaques d'un rouge de brique, et serpentaient à tort et à travers des zigzags bleuâtres imitant des veines, qu'un coup de brosse de laque masquait les lèvres, qu'un cercle aussi noir que la ligne des sourcils encadrait les yeux, que l'intérieur des mains et les ongles des pieds et des mains étaient badigeonnés en orange foncé, ce sont là des horreurs que je voudrais effacer de ma mémoire. Que sera-ce quand il me faudra ajouter que toute cette peinture était parsemée de petites étoiles de papier doré, fixées sur le visage de la pauvre enfant avec de la colle! J'oubliais le pire: — les beaux cheveux d'Emina ayant été rasés la veille afin de la rendre plus digne de la couche d'un bey, on les avait remplacés par des queues de chèvre peintes en rouge et pendantes sur ses épaules! Dieu soit loué, j'ai fini!

J'ai fini de décrire ce qui est laid, mais non ce qui est barbare. L'étiquette musulmane exige que la fiancée demeure ainsi affublée depuis le lever jusqu'au coucher du soleil, que pendant ces longues heures elle ne soulève jamais son voile, qu'elle pleure toutes les larmes de son corps (l'obligation est opportune), et qu'elle ne prononce pas un mot. Emina n'exécuta pourtant pas à la lettre le programme des fiançailles, car elle ne poussa pas un seul cri. Pour morne et abattue, elle l'était dans la perfection, mais elle l'était trop véritablement pour faire du fracas. Lorsqu'une voisine entrait dans l'appartement des femmes, la fiancée, sortant du coin où elle était accroupie sur ses talons, allait droit à elle, lui baisait silencieusement la main, et retournait aussitôt dans son coin sans faire plus de bruit qu'une souris. Plus d'une larme roula le long de ses yeux sur son poitrail à sequins, plus d'une mouche en papier doré fut décollée par les pleurs; mais tout cela se passait dans l'intérieur des draperies. Plusieurs matrones crurent donc pouvoir affirmer, en rentrant chez elles, que la fiancée montrait effrontément un excès de joie malséant dans sa position.

Lorsque la nuit fut venue (c'était la dernière qu'Emina dût passer sous le toit paternel), l'on voudrait croire qu'il lui fut permis de déposer son lourd attirail, et de chercher dans la solitude et sur son propre matelas quelque repos et quelques forces pour le lendemain. Il n'en fut rien. On l'avait parée pour la noce du lendemain, et sa parure devait tenir bon jusque-là. On ne lui fit pas même grâce d'une de ses mouches ni d'un de ses voiles. Assise à terre devant le feu (il y a toujours du feu dans les maisons turques), entourée de ses parens et des amis de sa belle-mère, la nuit ne fut pour elle que le prolongement d'une journée déjà trop longue. Aussi, lorsque le jour reparut, Emina, quoique naturellement forte, pouvait à peine se soutenir.

Pendant ce long supplice, pensa-t-elle à Saed? Quelquefois. Quoiqu'elle connût son caractère, elle s'était surprise d'abord à s'inquiéter de ce qu'il pouvait devenir et à craindre un coup de tête, fruit de son désespoir; mais ses craintes s'étaient bientôt dissipées, car non loin de la porte, qu'une voisine avait laissée entr'ouverte en entrant, Emina avait aperçu Saed au milieu d'un groupe d'enfans de tout âge, venus à la fête pour avoir leur part de gâteaux, lait caillé, thé de mauve et autres friandises qui devaient être distribuées au public. Les gâteaux n'étaient pas l'aimant qui attirait Saed à la noce, cela va sans dire. S'il en mangea (ce que j'ignore), ce ne fut que par prudence, pour ne pas attirer sur lui l'attention, toujours malveillante, et ne pas nuire à la réputation immaculée d'Emina. Toujours est-il que, rassurée sur le sort de son ami, les pensées d'Emina prirent une direction dans laquelle elle n'était pas exposée à rencontrer Saed. Elle s'occupa de son avenir.

Vint enfin le grand jour, le jour des noces. Avant que le soleil parût au-dessus de la colline qui faisait face à la maison d'Hassana, une musique bruyante, composée d'un tambour, d'une grosse caisse, de deux fifres et d'une guitare ou mandoline au long manche, retentissait dans la plaine. Quelques instans plus tard, un long cortége d'hommes et de femmes à cheval descendait le sentier qui menait du village d'Hamid-Bey à la vallée. A peine les cavaliers avaient-ils mis pied à terre, qu'on leur offrit des tartes au miel, des boulettes d'avoine bouillie enveloppées dans des feuilles de vigne, de petits morceaux de viande rôtie enfilés dans de petites broches en fer, et une énorme montagne de *pilaff*. Tous plongèrent à l'envie leurs doigts dans le beurre ou la sauce, et leur appétit, excité par tant de bonnes choses, se satisfit à plaisir; mais comme il est impossible de toujours manger sans jamais boire, quelque bon musulman que l'on soit d'ailleurs, on apporta dans une coupe homérique un *sherbet* composé d'eau, de miel, de poires cuites et d'orge, et tous les convives trinquèrent à la ronde. L'un d'eux, prenant à part Hassana, lui demanda ensuite à voix basse s'il n'avait pas une goutte d'eau-de-vie à la maison, et sur la réponse affirmative de l'amphitryon, chacun passa à son tour dans un réduit intérieur, où l'on but plusieurs litres de cette boisson exhilarante, si bien qu'en rentrant dans la pièce commune, tous les convives avaient le visage allumé, l'œil trouble, et décrivaient en marchant les courbes les plus irrégulières. Personne n'en fit la remarque néanmoins, et c'était là le point essentiel.

L'heure arrivée, on se disposa au départ. Plus morte que vive, Emina reçut sur sa tête et sur son dos une courte-pointe piquée ; puis, quand elle eut embrassé père, mère, frère, parentes et amies, Hassana la hissa à califourchon sur un cheval du bey, magnifiquement harnaché et caparaçonné ; chacun reprit sa monture, et l'on se mit en marche pour quitter la vallée. Je ne puis dire qu'Emina donna un dernier regard à ces lieux témoins de sa vie paisible et de son bonheur évanoui : elle était séparée du monde entier par sa courte-pointe, et elle n'aperçut pas même Saed, qui, blotti derrière un buisson, la guettait pour la voir une dernière fois. Tout ce qu'elle put faire, ce fut de deviner, à l'épaisseur plus ou moins grande des ténèbres qui l'environnaient, qu'elle traversait un bosquet bien connu et peu éloigné de la maison paternelle, et ensuite qu'elle quittait ce vert abri pour rentrer dans la plaine découverte. Ce ne furent pas les distractions du voyage qui en abrégèrent pour elle la durée ; mais elle redoutait si fort le but vers lequel elle marchait, que la route lui parut fort courte. Elle comprit qu'elle s'avançait au milieu de la foule ; elle entendit un murmure confus de voix sur les deux côtés du chemin ; les chevaux ralentirent le pas comme s'ils marchaient au milieu des obstacles ; on s'arrêta enfin. Un petit enfant de deux ou trois ans fut présenté à Emina, qui, instruite à l'avance de son rôle, le reçut dans ses bras, le posa un instant devant elle sur son cheval, et lui donna une pomme dont sa belle-mère l'avait munie pour la circonstance. Le bambin redescendit fier et enchanté. Ce fut ensuite le tour d'Emina de mettre pied à terre. Cette évolution heureusement accomplie, une main amie entrebâilla la courte-pointe afin qu'Emina pût apercevoir la porte ouverte pour la recevoir et la grand'mère d'Hamid-Bey (nous avons vu que sa mère était morte) se tenant sur le seuil de la maison pour faire accueil à sa belle-fille. Ce fut à ses pieds qu'Emina se prosterna, baisant à trois reprises, selon la coutume, le tapis qu'une esclave noire avait étendu expressément devant la vieille dame; celle-ci la releva, la prit dans ses bras, pénétra un moment sous ses voiles pour déposer un baiser sur les joues brûlantes et badigeonnées de la pauvre enfant, puis elle l'entraîna tout doucement dans l'intérieur du harem. Là les scènes de la veille se répétèrent. Emina devait crier; elle se contenta de pleurer silencieusement. On la plaça debout dans un coin de la pièce d'honneur, on ramena sur son visage le voile de tulle vert, le mouchoir de coton rouge et le drap de calicot blanc, et on l'abandonna à ses propres réflexions, tandis que la nombreuse société féminine rassemblée pour lui faire honneur s'entretenait des incidens du voyage, de la chaleur du jour, des fêtes de la veille et des événemens du lendemain, absolument comme en Europe. On examina la toilette d'Emina, qui fut officiellement déclarée irréprochable, quoique chacune de ces dames la trouvât *in petto* ridicule. Le dîner fut servi, la compagnie mangea de bon appétit, après quoi jeunes et vieilles se mirent à danser. La danse turque est curieuse à voir malgré sa monotonie. Deux femmes, ou deux hommes habillés en femmes, se placent au centre des spectateurs, qui font entendre une espèce de plain-chant. Les danseurs ou danseuses agitent leurs doigts comme s'ils jouaient des castagnettes, ce qui leur arrive bien quelquefois ; quelquefois aussi, à défaut de castagnettes, on se sert de deux cuillères de bois, qui, il faut bien l'avouer, font absolument le même effet. De toute façon le mouvement des mains et des doigts y est. On ne fait point de pas. Les danseuses se bornent à se poursuivre l'une l'autre, à tourner sur elles-mêmes et à remuer rapidement les hanches, tandis que le haut du corps est rejeté tantôt en arrière et tantôt de côté. La danse continue ainsi pendant des heures sans autre interruption que l'arrivée des rafraîchissemens, la pipe et le café.

Le soleil s'était couché pourtant, et le muphti était prêt pour la cérémonie. Qu'était devenu le fiancé, et pourquoi ne l'ai-je pas seulement nommé? C'est que, selon l'étiquette turque, le fiancé demeure caché pendant toute la journée des noces. Il ne doit être aperçu ni de près ni de loin, ni par ses parens, ni par ses amis.

Sa toilette est des plus simples, car pareil jour n'est pas un jour de fête pour lui, ce n'est pas même un jour mémorable. Ainsi le veut la dignité virile. La femme reçoit un honneur qu'elle ne peut trop reconnaître ni célébrer trop haut; mais le mariage est pour l'homme un fait sans importance. Quand les acteurs et les spectateurs sont au complet, quand tout le monde a mangé, bu, fumé et dansé à satiété, quand le muphti a préparé sa *pâte* (on verra tout à l'heure de quoi il s'agit), et surtout lorsque le soleil est couché, on appelle l'époux, qui paraît enfin, triste et soucieux comme pour un enterrement. S'il lui arrivait de prononcer un mot, de laisser entrevoir un sourire, le monde entier crierait à l'oubli des convenances. Hamid-Bey n'avait garde de s'exposer à ce reproche: il se respectait assez pour savoir être maussade lorsque les circonstances l'exigeaient, et plus souvent encore.

L'époux arrive, ai-je dit, tenant par la main un jeune garçon qui représente la fiancée absente. Le muphti prononce quelques paroles sacramentelles, et on lui apporte un plat sur lequel est du *henné* délayé dans de l'eau. L'époux tend la main au muphti, qui la prend, la ferme comme pour la mettre en mesure de donner un coup de poing, puis avec son index glisse dans ce poing fermé une boulette de *henné* qu'il fixe sur la paume de la main. Retirant ensuite le doigt de cet étau vivant et prenant une seconde boulette de la même pâte, il s'en sert pour coller en quelque sorte le pouce de l'époux sur le poing toujours fermé. Il enveloppe la main ainsi empâtée dans un mouchoir qu'il roule autour du poignet à plusieurs reprises, et, abandonnant l'époux, il procède de la même manière avec la main du jeune garçon. La cérémonie est alors achevée, les rites sont accomplis, le mariage est célébré. Emina, qui est demeurée à quelques toises de là, parfaitement étrangère à tout ce qui s'est passé, n'est plus la jeune fille de tout à l'heure; elle est femme, elle a un mari, un maître, et le muphti s'en va souper. Pendant ce temps, deux jeunes filles ont préparé la couche nuptiale avec tous les témoignages extérieurs de respect qu'exige un semblable autel. En posant à terre le matelas, elles se sont inclinées; en plaçant les oreillers, elles se sont agenouillées; en étendant les draps, elles ont baisé la terre; en défaisant la couverture, elles ont recommencé à s'agenouiller et à se prosterner. Ceci achevé, elles quittent la chambre à reculons et vont chercher Emina, qu'elles conduisent au lieu du sacrifice, dans les bras de son heureux époux.

On me pardonnera de ne point suivre pas à pas, comme je l'ai fait jusqu'ici, Emina à partir de ce moment suprême. La petite bergère heureuse et innocente a cessé d'exister. On va faire connaissance avec la jeune femme esclave, avec ces agitations, ces tristesses de la vie de harem qui sont le vrai sujet de notre récit. Comment la première phase de son existence avait-elle préparé la fille d'Hassan à la seconde? Avant de répondre et d'aller plus loin, il faut dire quelques mots de la famille dans laquelle Emina devait vivre désormais.

V

J'ai dit qu'Hamid-Bey avait une première femme, que cette femme avait été d'abord sa belle-sœur, qu'elle était plus âgée que lui, et qu'elle ne lui donnait plus d'enfans depuis cinq ans. Il ne faudrait pourtant pas en conclure qu'Ansha fût une vieille femme, dépouillée de toute beauté. Ansha avait peut-être passé la trentaine, mais elle était encore fort belle, plus belle qu'elle ne l'était à quinze ans, beaucoup plus belle qu'Emina. Elle était grande et puissante, mais point obèse ni lourde. Elle était belle de la beauté de Junon, et c'est une beauté qui a son prix. Ses grands yeux noirs, largement fendus en amande, avaient conservé tout le feu de la jeunesse et de la passion. Son nez aquilin donnait à son visage cette expression ferme et hautaine qu'on attribue, je ne sais pourquoi, aux impératrices romaines, les plus légères et les moins inhumaines des femmes, si Tacite et Suétone n'en ont pas menti. Il fallait que sa bouche fût bien gracieuse et son sourire bien doux pour tempérer l'expression impérieuse de ce nez et de ce regard; mais, quelque difficile que fût l'entreprise, la bouche et le sourire d'Ansha étaient en mesure de la mener à bonne fin. Un teint éblouissant complétait cette beauté, devant laquelle les charmes d'Emina pâlissaient un peu; mais cette beauté si fière était bien connue d'Hamid-Bey, et si bien connue qu'il ne la reconnaissait plus du tout. Ansha avait cessé d'être belle aux yeux de son seigneur, et elle le savait. Aussi, lorsque sa stérilité lui en fournit un prétexte (s'il est permis d'appliquer l'épithète de stérile à une femme qui avait eu huit enfans), elle s'empressa de faire remarquer au bey qu'il avait besoin d'une femme plus jeune qu'elle, se réservant ainsi la consolation de se dire et de dire à ses amies : — C'est moi qui l'ai voulu; Hamid-Bey ne se fût jamais décidé de lui-même à me donner une rivale.

Quoiqu'elle ne fût plus belle aux yeux de son mari, Ansha n'était pourtant pas sans influence sur son esprit. Elle possédait les titres de la partie la plus considérable des biens de Hamid, c'est-à-dire qu'elle était légalement en possession de la maison, des meilleures terres et des troupeaux du bey, celui-ci les ayant hérités de son frère aîné, qui, pour se mettre à l'abri de certains accidens politiques dont il était menacé, avait placé sur la tête de sa femme le plus clair de ses propriétés. Hamid-Bey, lui, n'avait jamais rien eu à démêler avec la politique, mais il avait en revanche des créanciers qui, n'étant pas les créanciers de sa femme, ne pouvaient faire vendre ses biens. Hamid avait donc besoin d'Ansha: première cause d'influence. En second lieu, il est juste de reconnaître qu'Ansha était ce qu'on appelle dans un certain monde une femme supérieure. Elle avait une forte tête, et c'était merveille de voir comment, sans quitter le coin de son ottomane, elle savait à point nommé le moment où tel ami d'Hamid-Bey était en fonds, où tel créancier perdait patience, où tel débiteur se trouvait en mesure de s'acquitter. Elle avait rendu à son mari des services signalés en lui fournissant de précieux renseignemens; aussi avait-il coutume de dire à ses amis: — Ansha sait où est l'argent de tout le monde, et personne ne la surpasse dans l'art de trouver des fonds.

Ainsi cuirassée, Ansha n'avait rien à craindre

de la rivalité d'Emina, et d'autant moins qu'elle se souciait fort peu du cœur de son bey. Il lui suffisait d'être et de demeurer maîtresse au logis, et c'était elle-même qui avait conseillé à son mari d'épouser la fille d'Hassana, en l'assurant que c'était le seul moyen pour lui de rentrer dans sa créance ou d'en obtenir l'équivalent. Il faut avouer néanmoins que, tout en étant sans crainte au sujet d'Emina, Ansha ne l'aimait guère. Elle la dédaignait comme une enfant sans conséquence, n'ayant d'autre mérite que sa beauté délicate et fragile; or les femmes de la trempe d'Ansha n'aiment pas ce qu'elles dédaignent, et ce n'est qu'en se rendant redoutable qu'on parvient à éveiller leur intérêt. Emina était loin de se douter de cette vérité philosophique, et elle espérait au contraire gagner les bonnes grâces de sa devancière par sa soumission et son humilité. Elle faisait fausse route, la pauvre petite, mais ce ne devait pas être la dernière fois.

Si le fameux adjectif d'*incomprise* peut s'appliquer à une femme quelconque, c'est bien assurément à Emina. Il est juste de reconnaître cependant que sa rivale la comprit mieux que personne. A peine eut-elle, du haut de sa suprématie, jeté un regard scrutateur sur les traits réguliers, mais délicats d'Emina, dont les yeux, si limpides malgré leur expression de timidité, se fixaient calmes et sereins sur tous ceux à qui elle avait affaire, qu'Ansha se dit : — Il y a dans cette petite quelque chose que je dois surveiller. — Elle remarqua aussi qu'Emina pâlissait plus souvent qu'elle ne rougissait, ce qui, nous le savons, nous autres civilisés, ne dénote après tout qu'une anomalie dans le système de la circulation du sang. Ansha n'avait pas lu Bichat, et elle conclut de son observation qu'Emina sentait avec plus de force que cela n'était à souhaiter dans sa position. Elle s'appliqua donc à étudier la nouvelle venue, et cette étude eut les résultats les plus satisfaisans. — S'il y a quelque chose de singulier dans cette enfant, se dit-elle, ce n'est rien du moins dont je doive m'inquiéter. Elle n'est bonne à rien, elle ne sait pas se faire valoir, elle ne songe pas même à flatter ceux à qui elle a bonne envie de plaire; elle n'aura jamais la moindre influence sur Hamid-Bey, et elle demeurera toujours en mon pouvoir. — Ansha était donc rassurée, mais non radoucie. Elle allait jouer avec Emina comme le chat joue avec l'oiseau captif, et lorsqu'elle jugerait le moment favorable, elle l'achèverait d'un coup de dent.

Les deux enfans du premier lit d'Ansha, deux jeunes gens de seize à dix-sept ans, avaient leurs entrées dans le harem, où leurs épouses demeuraient en assez bonne harmonie sous la présidence d'Ansha. Ces deux couples ne méritent pas d'être présentés au lecteur, et une simple mention honorable est tout ce que je puis leur accorder. Venaient ensuite les cinq enfans d'Hamid et d'Ansha. C'était d'abord une jeune fille de treize ans, jalousant à double titre Emina, — premièrement parce que c'était la rivale de sa mère, — en second lieu parce que sans être ni son aînée, ni la fille d'un bey, elle avait trouvé un bey pour mari, tandis qu'elle, issue d'une noble famille et parfaitement en âge d'être établie, attendait encore le bey qui n'arrivait pas. Puis c'étaient deux garçons de dix à onze ans, insupportables comme le sont tous les garçons de cet âge en Turquie, traitant leur mère et toutes les femmes du harem comme les dernières des esclaves, se glissant à toute heure dans toutes les chambres sans qu'on eût le droit de les envoyer promener. Venait encore une petite fille assez douce et assez gentille jusque-là (elle n'avait que huit ans), mais qui commençait pourtant à ouvrir les yeux sur sa propre importance, et menaçait par conséquent de devenir sous peu aussi désagréable que sa sœur aînée. Enfin le *Benjamin* d'Ansha (c'était d'ailleurs son nom) entrait dans sa sixième année. Il était gâté au possible, mais son charmant naturel avait tenu bon contre les cajoleries sans fin, les monceaux de dragées et les flatteries colossales que chacun lui prodiguait. Le petit bonhomme se prit tout d'abord d'un goût effréné pour Emina, qui ne le gâtait pas, mais qui en revanche l'aimait fort, ce dont il eut la malice de s'apercevoir et de lui savoir gré. La mère lui pardonna ce penchant dépravé, elle se félicita même de ce qu'il lui fournissait un prétexte pour commencer les hostilités contre Emina, qui, disait-elle, s'efforçait de lui enlever le cœur de ses enfans. Hamid-Bey lui-même ne pourrait lui refuser son appui dans cette lutte toute maternelle.

Au-dessous des grandes dames et des filles

du bey, il y avait dans le harem tout un monde d'esclaves de couleurs diverses, tenues en respect par l'autorité d'Ansha. Une fille d'Afrique, au teint luisant et noir comme l'ébène, aux formes puissantes et rebondies, au sourire grimaçant, se plaignait hautement du joug détesté, qu'elle ne subissait pas moins. Une Circassienne aux joues roses et aux yeux bleus, au nez tant soit peu camard, aux contours frêles et délicats, intriguait de toutes ses forces depuis son entrée dans le harem contre ce pouvoir illimité, qu'elle n'avait su pourtant ni miner ni contrebalancer. Seule, une *Abassa* (Abyssinienne) au teint olivâtre mais uni, aux traits larges mais réguliers, aux yeux noirs bien fendus et parfaitement veloutés, acceptait sans murmure, faute d'intelligence et d'énergie, la monarchie absolue telle qu'Ansha l'avait établie. C'était vers Hamid que gravitaient tous ces astres, c'était à lui que s'adressaient tous les regards partis de ces prunelles noires ou bleues; mais Hamid lui-même subissait la royauté qu'il avait créée, et ce n'était qu'à la dérobée, et pendant l'absence d'Ansha, qu'il osait payer de quelques faveurs insignifiantes les agaceries sans nombre dont il était l'objet.

Une jeune fille tout récemment descendue de ses montagnes et jetée sans instruction préalable dans un pareil guêpier (que l'on me pardonne cette expression vulgaire) devait se sentir mal à l'aise. Par bonheur pourtant, Emina n'apprécia pas tout d'abord à leur juste valeur tous les embarras de sa position. Selon elle, Ansha était une mère de famille, jusque-là maîtresse absolue dans le harem, et qui ne pouvait voir sans peine qu'on lui eût donné une rivale dans l'affection de son seigneur. Son bon sens lui apprit cela, mais rien que cela, et son bon cœur lui suggéra la pensée d'adoucir autant qu'il était en elle des regrets si légitimes en occupant la plus petite place possible dans cette affection si vivement convoitée. Ce plan était excellent sans doute; il n'avait qu'un tout petit défaut, celui d'être impraticable.

Et d'abord, les regrets d'Ansha n'étaient pas, comme Emina le pensait, de nature amoureuse, puis Ansha n'était pas d'humeur à agréer les adoucissemens qu'Emina lui réservait. Enfin la pauvre fille présumait vraiment trop de ses propres forces, quand elle se promettait d'éviter le combat et de ne pas disputer à sa rivale le cœur de leur époux. Ces combats-là sont dans la nature des choses, et il n'appartient à personne de les refuser. Les enfans d'Hamid étaient, aux yeux d'Emina, des personnages sacrés auxquels elle ne se permettait pas de trouver le plus petit mot à dire; mais cette fois encore l'abnégation était exorbitante, et devait nécessairement faire place à une appréciation mieux justifiée. Les deux plus jeunes conservèrent leur place dans le sanctuaire qu'Emina avait élevé tout exprès pour eux, mais les deux aînés en furent expulsés. Quant aux esclaves, Emina ne s'en occupa que pour tâcher de ne pas leur rendre la vie plus dure que cela n'était absolument indispensable. De leurs prétentions et de la haine que ces créatures lui avaient vouée à première vue, elle n'en conçut pas le plus léger soupçon. La négresse était la seule qui éprouvât quelque sympathie pour sa nouvelle maîtresse, sympathie qui n'était peut-être, après tout, qu'une forme de sa perpétuelle révolte contre la tyrannique Ansha. La Circassienne enveloppa dans ses toiles d'araignée la seconde comme la première épouse; quant à l'Abassa, elle subissait sans résistance l'impulsion donnée par sa maîtresse, et cette impulsion n'était pas favorable à Emina.

Je n'ai rien dit encore de la grand'mère d'Hamid-Bey, de celle qui avait reçu Emina sur le seuil du harem. C'était une bonne vieille dame qui ne se mêlait plus des intrigues féminines, et qui eût souhaité de bon cœur en préserver Emina: elle ne l'essaya pourtant pas, tant l'entreprise était hérissée d'obstacles; elle se contenta de témoigner quelque tendresse à la pauvre enfant, sans se constituer ni son champion ni sa protectrice, ce qui était, après tout, la meilleure marche à suivre dans l'intérêt même d'Emina. Aussi la jeune femme s'attacha-t-elle profondément à cette prudente amie.

Tels étaient les habitans du harem. Il en est un cependant qui était appelé plus qu'aucun autre à exercer une influence décisive sur la destinée d'Emina. C'était Hamid-Bey lui-même. Quels rapports allaient s'établir entre le bey et sa jeune femme? Nous savons qu'Emina n'avait jamais vu le bey avant le soir de ses noces, et Hamid-Bey n'était pas plus avancé en

6*

ce qui la concernait. La première impression que la beauté de sa jeune épouse produisit sur lui fut tout à fait à son avantage. Malgré le badigeonnage et les mouches de papier doré, qui ne produisent pas sur les Turcs le même effet que sur nous; Emina était réellement jolie, et devait surtout le paraître à un homme blasé sur la beauté non moins réelle, mais complétement opposée d'Ansha. Hamid vit d'abord dans sa jeune femme un joli hochet, un meuble élégant, qu'il avait acheté, comme on dit, *chat en poche*, et la satisfaction qu'il éprouva du marché conclu tourna à la plus grande gloire d'Ansha, instigatrice de ce mariage. — Ansha a un tact extraordinaire pour les bons marchés, se dit Hamid; décidément je ne puis mieux faire que de m'en rapporter à elle lorsqu'il s'agit de vendre ou d'acheter.

Quoique fort ignorante en choses de cœur, Emina eut comme un vague soupçon du jugement que son mari portait sur elle, et, quoique accoutumée à ne compter pour rien dans sa propre famille, ce jugement marital, confusément pressenti, lui causa une impression pénible. Les Turcs ont des manières fort douces avec leurs femmes; mais cette douceur extrême témoigne trop qu'ils ne les considèrent que comme des enfans auprès desquels il ne faut pas apporter les soucis et les préoccupations que l'on partage avec ses semblables. Hamid complimenta sa jeune femme sur ses petites mains, sur ses pieds mignons, sur sa taille souple et gracieuse, sur son gentil sourire, et ces complimens causèrent à la pauvre Emina un malaise indéfinissable. Il ne lui dit pas un mot d'amour, il ne s'informa pas de ce qu'elle avait éprouvé en quittant sa vallée, de l'effet qu'avait produit sur elle sa nouvelle maison. Il ne lui parla ni de son père, ni de sa belle-mère, ni de son frère, ni de lui. Non, non, rien que des complimens, accompagnés d'un regard et d'un accent fort gracieux sans doute, parfaitement conformes, à coup sûr, au code de la galanterie musulmane, mais qu'Emina eût souhaité ne jamais voir ni entendre. Elle ne comprenait pas nettement d'où lui venait ce mécontentement, mais elle savait que ce regard, cet accent, et les complimens même dont ils étaient comme les préludes lui causaient une souffrance bien positive.

Plus tard, lorsqu'elle vit son mari auprès d'Ansha, et qu'elle remarqua l'air sérieux avec lequel il l'entretenait d'affaires, elle se prit à regarder d'un œil d'envie l'espèce d'affection que sa rivale inspirait à son époux. „Il ne la regarde pas avec cette expression qui me fait monter le sang au visage et courir un frisson dans la moelle des os,“ se dit-elle, et en effet il y avait dans la manière d'être d'Hamid pour Ansha comme un reflet lointain, quelque chose de celle de Saed pour Emina: c'était l'expression de la confiance, de l'estime et de la déférence. La source de ces sentimens n'était pas la même chez les deux musulmans; mais la pensée d'Emina n'allait pas aussi loin. Elle ne se rendait pas même compte de la ressemblance, mais elle la sentait. Hamid entrait-il dans le harem, l'air sombre et préoccupé: si Ansha s'y trouvait, il la prenait à part, causait quelques instans avec elle à voix basse et paraissait aussitôt soulagé. Si au contraire Ansha était absente, Hamid la cherchait du regard, après quoi, poussant un soupir ou faisant un geste d'impatience, il prenait un air riant de commande et se mettait à débiter des fadaises à Emina. Évidemment ni son esprit ni son cœur n'étaient de la partie, et quoique je ne puisse dire ce qu'il faisait de son cœur, je sais bien que son esprit était auprès d'Ansha. — Je dois être pour lui une source d'ennui et d'aversion, se disait Emina, puisqu'il juge nécessaire de se contraindre avec moi, et je vois bien que son perpétuel sourire en me parlant ne part pas d'un cœur satisfait! — Et en cela elle se trompait, car Hamid-Bey savait se plaire dans la société des femmes lors même qu'il ne les honorait pas de beaucoup d'estime.

Mais elle, Emina, qu'éprouvait-elle pour cet époux improvisé qui était venu brusquement couper court aux rêves de ses treize ans? Le premier regard qu'elle avait levé sur Hamid lui avait appris qu'il était beau, plus beau que le joli Saed; le second l'avait convaincue que la porte de communication entre la pensée et l'organe extérieur de la vue était pour elle fermée à double tour. Elle avait essayé de percer le voile tendu derrière sa prunelle; mais son propre regard s'était émoussé à la peine, et la communication n'avait pas été établie. Hamid avait pourtant remarqué la fixité du regard d'Emina s'efforçant de pénétrer le sien, et cette remarque avait amené sur ses lèvres ce sourire terne et froid qui faisait tant de mal à la petite.

— Pourquoi me regardes-tu ainsi, Emina? lui avait-il dit. Trouves-tu en moi quelque chose qui te déplaise? Mon teint est-il trop brun, mon front trop ride? Tu as le droit d'être difficile, toi dont les joues sont si fraîches et le front si uni!

— Je ne regarde ni la couleur de ton visage ni les plis de ton front, seigneur, et je ne suis pas assez sotte pour y trouver à redire.

— Tant mieux s'il en est ainsi, reprit le bey, car avec la meilleure volonté du monde il m'eût été impossible d'y rien changer.

— Il est beau, se dit-elle lorsqu'il se fut éloigné, mais il ne me plaît guère. J'éprouve en sa présence de l'embarras et de l'impatience. Ah! mon pauvre Saed, que tu étais différent! Comme je me sentais à l'aise et paisible auprès de toi!

C'est une vérité bien connue que nulle femme n'éprouve impunément auprès d'un homme de l'embarras ou de l'impatience, surtout si cet homme est beau, et si elle ne peut se soustraire à sa présence. Emina n'échappa point à la loi commune. Peu à peu l'image du froid et moqueur Hamid s'empara exclusivement de sa pensée. Son sourire lui faisait toujours mal, et pourtant elle éprouvait le besoin de souffrir de ce mal, et à peine était-elle seule, qu'elle se demandait si ce sourire ne disparaîtrait jamais. Elle imaginait cent moyens de le mettre en fuite, et elle eût voulu se retrouver en présence de celui dont le cœur lui semblait une énigme qu'il eût été beau de deviner. Elle arrangeait dans son imagination des circonstances extraordinaires qui devaient la mettre en possession de cette clé introuvable, lui ouvrir les portes du palais mystérieux, l'initier à des secrets précieux. Que pense-t-il? que pense-t-il de moi? Pourquoi me traite-t-il toujours comme une enfant? Pourquoi est-ce Ansha toute seule qui connaît ses pensées? Pourquoi n'est-il sérieux qu'avec elle, et qu'ai-je donc de si risible, qu'il ne puisse me regarder comme il la regarde? A force de se répéter tous les jours ces questions, il arriva qu'Hamid devint l'unique objet de ces rêveries et de ses rêves, et que Saed lui-même fut presque oublié. Elle ne s'en souvenait que pour comparer son regard attentif et passionné au regard sans âme qu'Hamid lui réservait.

Une fois cependant l'occasion se présenta pour Emina d'occuper enfin la position qu'elle ambitionnait; mais cette occasion, elle ne sut pas la saisir. Un jour qu'Hamid, resté seul avec elle, avait épuisé le vieux thème de ses petites mains; de ses pieds mignons, de ses roses et de ses lis, il s'avisa, après un silence embarrassant pour tous les deux, de la questionner sur son enfance, sur les lieux qu'elle parcourait avec son troupeau, et sur la manière dont elle passait son temps.

— Tu devais bien t'ennuyer, pauvre petite, de n'avoir personne à qui parler? Tu devais avoir peur aussi, la nuit, toute seule, dans ces montagnes? N'as-tu jamais rencontré de loup?

— Plus d'une fois, seigneur, mais je n'ai jamais eu peur.

— En vérité? Et d'où te vient ce beau courage? Te crois-tu de force à terrasser un loup? Avec ces petites mains, ce n'est guère croyable.

Et les petites mains et les pieds mignons allaient rentrer en scène, si Emina, qui comprit le danger, ne l'eût conjuré en ajoutant: — Je n'avais pas peur, parce que je savais que Dieu était auprès de moi.

— Tu le savais, dis-tu? Tu es bien savante en ce cas! Et qui donc t'avait appris de si belles choses?

— Personne que Dieu lui-même. Je savais qu'il était auprès de moi, parce que j'avais entendu sa voix.

La superstition est si naturelle et si générale en Orient, qu'en entendant ces mots, Hamid-Bey, qui n'était rien moins qu'un illuminé, s'imagina qu'Emina avait des visions, et qu'elle était tant soit peu prophétesse. — Je savais bien que cette petite n'était pas comme tout le monde, — se dit-il en ouvrant de grands yeux; puis il ajouta tout haut: — Tu avais entendu la voix de Dieu? En vérité! Et quand? Et que te dit-il?

Emina pouvait en ce moment établir son empire plus solidement qu'Ansha n'avait assuré le sien: elle n'avait qu'à confirmer son bey dans sa méprise, ou seulement à ne pas la détruire; mais Emina ne comprenait rien ni à sa position, ni au caractère de son mari, et elle ne se douta seulement pas qu'elle touchait au but de tous ses efforts. Elle se hâta donc de répondre: — Quand je dis que j'ai entendu la voix de Dieu, je ne prétends pas l'avoir entendue comme j'entends la tienne, noble seigneur. Dieu parlait à mon cœur, et je savais que cette voix était la sienne, parce qu'elle me disait des choses qui ne pouvaient venir que de lui.

— Hum! se dit Hamid rassuré et refroidi, ce ne sont après tout que des enfantillages; elle ne doit pas avoir la tête bien forte.

— Au reste, ajouta Emina, qui ne se doutait aucunement de l'impression qu'elle venait de produire, la voix de Dieu ne s'adressait pas à moi seule, et je voyais bien que les animaux étaient aussi favorisés que moi.

— Elle est tout à fait divertissante, cette petite, pensa Hamid, et sa physionomie, jusque-là assez attentive, prit tout à coup et d'une façon si brusque son expression habituelle de moquerie, qu'Emina devint muette comme la tombe. — Tu ne dis plus rien? dit le bey après un moment de silence. Tu n'as plus d'histoires à me conter? C'est dommage, car elles sont assez drôles; mais tu en trouveras d'autres, j'espère. Où donc est Ansha?

Ansha n'était pas loin; elle attendait avec impatience dans la pièce voisine la fin d'une conférence dont la durée commençait à l'inquiéter. A peine son nom eut-il été prononcé (Ansha avait l'habitude d'écouter aux portes), qu'elle se hâta de paraître. Un coup d'œil aussi rapide que perçant lui apprit qu'elle n'avait rien à craindre, et Hamid ayant laissé entendre qu'il désirait causer avec elle, Emina, qui comprenait ce genre d'insinuation à demi-mot, se retira en silence.

Cette fois l'entretien des deux époux roula sur Emina. Hamid avoua qu'elle lui paraissait singulière, et qu'il ne savait trop si son cerveau n'était pas un peu dérangé; il s'enquit naïvement près d'Ansha si elle n'avait pas fait la même remarque. Ansha l'avait faite, qu'on n'en doute pas. Elle prit un air hypocrite qui lui alla fort bien, et elle avoua en soupirant que cette enfant ne répondait pas exactement à l'idée qu'elle s'en était formée. Elle avait des distractions nombreuses, et passait la plus grande partie de la journée à rassembler des touffes d'herbes sèches ou à effeuiller des bouquets de fleurs flétries. — Je lui ai proposé, ajouta Ansha, de faire des confitures de coing et de mûres, de la pâte de noix et du sirop de raisin: elle s'y est prêtée d'assez bonne grâce; mais hélas! je n'oserais jamais présenter à ta seigneurie le résultat de son travail, les servantes elles-mêmes n'en ont pas voulu, et cependant elle a usé plus de miel que je n'en emploie dans le courant d'une année. (Hamid était à la fois gourmand et économe.) Je croyais que cette petite m'aiderait à préparer tes sucreries et qu'elle te ferait économiser ce que te volent tes servantes; mais elle ne sait rien faire que regarder les étoiles et se tenir auprès de sa fenêtre ouverte pour respirer le grand air, qui, dit-elle, lui fait du bien. Après tout, peu importe qu'elle possède ou non certains talens que je puis exercer à sa place. Je me fatigue quelquefois, mais c'est pour ton service, et cette fatigue m'est plus douce que le repos. Quant à Emina, tu l'as prise afin d'en avoir des enfans, et pourvu qu'elle t'en donne, le reste importe peu; mais aurons-nous bientôt ce bonheur, cher seigneur? Dois-je préparer la layette? car Emina ne saurait comment s'y prendre, et je m'en félicite; je tiens à soigner et à parer son enfant comme s'il était à moi.

— Rien ne presse, répondit le bey légèrement piqué; Emina est encore très jeune, trop jeune, et il est probable qu'il nous faudra attendre quelque temps encore.

— Tu es plus patient que moi, noble Hamid, car chaque jour qui s'écoule sans te donner (permets-moi de dire sans *nous* donner) d'enfant me semble un jour perdu pour notre bonheur à tous. Et Anife, et Ismaël, et Aassan, et jusqu'à Fatma et à Benjamin, tous ces enfans souhaitent de si bon cœur avoir un petit frère! Oh! le jour où Emina comblera tous ces vœux, je l'aimerai bien!

— Pauvre bonne Ansha! répondit le bey ému jusqu'aux larmes; je sais bien que tu n'as de soucis que les miens! Aussi es-tu et seras-tu toujours ma bien-aimée, quelque sacrifice que je sois d'ailleurs obligé de faire à ma famille et à ma parenté.

L'arrivée des enfans coupa court à ces tendres épanchemens, et la vue de ses cinq réjetons aida peut-être Hamid à endurer patiemment le retard qu'apportait Emina à l'arrivée du sixième.

Il n'y a en toutes choses, dit-on, que le premier pas qui coûte, et lorsque le premier pas n'a rien coûté, les suivans se succèdent à plus forte raison avec une incalculable rapidité. Ansha avait évité jusque-là de se placer officiellement entre le bey et sa jeune épouse; mais, à partir de ce jour, elle profita de la liberté qu'Hamid, en la questionnant sur le compte d'Emina, venait de lui accorder implicitement. Dès-lors elle répondit sans même attendre les questions. — Emina est une bonne fille, disait-elle par exemple, et elle n'a que de bons sentimens envers mes enfans; mais je voudrais qu'elle s'abstînt de tenir toute sorte de propos étranges aux deux plus jeunes, qui sont devenus indomptables depuis qu'elle s'en occupe. — Et Hamid répondait qu'en effet Emina devait laisser les deux enfans sous la direction de leur mère, et qu'elle avait grand tort de se mêler de leur éducation. La négresse avait-elle cassé une tasse ou un verre en cristal (sortes d'accidens auxquels Hamid se montrait plus sensible qu'on n'était en droit de l'attendre), Ansha remarquait tout simplement que depuis l'avénement d'Emina la négresse empirait de jour en jour, assurée qu'elle se sentait de la protection de sa jeune maîtresse. — J'hésite maintenant, ajoutait-elle, à me mêler du gouvernement du harem, car je m'aperçois qu'Emina prétend l'exercer exclusivement, et pour rien au monde je ne voudrais lui déplaire; mais il me semble, seigneur, que tu étais satisfait de la manière dont ta maison était tenue lorsque le soin m'en était confié, et je voudrais, dans ton seul intérêt, que les choses marchassent comme par le passé sous la nouvelle dame du logis. — Hamid s'empressait alors de l'assurer qu'il n'avait jamais songé à la dépouiller d'une autorité qu'elle exerçait avec tant de supériorité, et la suppliait de défendre ses droits contre la nouvelle venue. Y avait-il une tache sur un coussin de l'ottomane ou un accroc aux rideaux des fenêtres, c'était Emina qui avait versé une tasse de café sur le coussin ou arraché le rideau en ouvrant brusquement la fenêtre. Un cheval était-il fourbu,

Emina aimait tant à galoper! En un mot, tout accident fâcheux, toute révolte intérieure, tout dommage, tout dégât était le fait d'Emina.

Il ne faudrait pas croire, en jugeant les mœurs orientales d'après les mœurs européennes, qu'Ansha se flattât un seul moment d'attirer sur sa jeune rivale la mauvaise humeur et les mauvais traitemens du seigneur Hamid. Il n'y a peut-être pas un seul Turc qui se permette de maltraiter une femme, et je connais des femmes de toutes les classes de la société musulmane qui tirent leurs maris par la barbe sans que ceux-ci usent de représailles sur la chevelure de celles-là. On pourrait remplir un volume d'anecdotes curieuses qui témoigneraient du respect et de la condescendance du sexe fort envers le sexe faible: je n'en rapporterai que deux. Pendant que j'étais à Constantinople, le gouvernement de la Sublime-Porte imagina de reléguer les femmes de mauvaise vie dans un vaste édifice où les amateurs chrétiens étaient invités à aller faire leur choix, à la condition qu'avant d'emmener l'une des recluses, l'acquéreur déposerait une légère somme et s'engagerait à garder son acquisition au moins pendant quelques mois. Tout avait été prévu par la loi, et le logement destiné à ces dames était prêt; il ne s'agissait plus que de les y parquer. En traversant une des rues de Péra, je fus arrêtée par un rassemblement d'une vingtaine de personnes attroupées autour d'un *gavas* (sorte de garde urbaine) qui pérorait pour persuader à une négresse de se laisser conduire dans le palais qui l'attendait, et où elle trouverait tous les agrémens imaginables. La négresse ne répondait que ces mots: „Tuez-moi plutôt!“ et elle sanglotait. Et le *gavas* de recommencer ses descriptions fantastiques et enthousiastes du bon lit, de la bonne chère, des beaux vêtemens, de la pipe sans cesse allumée, du café coulant à grands flots, de toutes les délices qui feraient de cette prison un vrai paradis. J'assistai à la discussion pendant près d'une demi-heure, et lorsque je continuai ma route, rien n'était encore décidé. Je demandai pourtant à une espèce de valet de place qui m'accompagnait pourquoi le *gavas* perdait son temps à convaincre la négresse, au lieu de l'emmener de force à sa destination. — „Une femme!“ me répondit-il complétement scandalisé de ma question, et je commençai à soupçonner que les Turcs ne sont pas aussi butors qu'on veut bien le dire en Europe.

La seconde anecdote se rapporte aussi à mon séjour à Constantinople. Une femme d'origine marseillaise, mais mariée à un musulman, avait un procès à je ne sais plus quel sujet; ce que je sais, c'est que ses adversaires fondaient leurs prétentions et leurs espérances sur un document qu'ils avaient déposé entre les mains du juge. Instruite de cette circonstance, la Marseillaise se rend chez le juge et le prie de lui donner connaissance de ce titre. Rien de plus juste. Le juge prend le papier et se met en mesure d'en donner lecture à la dame; mais à peine a-t-il fixé ses lunettes sur son nez, que la dame s'élance, lui saute à la gorge, lui arrache le papier, le met dans sa poche, fait sa révérence et sort tranquillement en traversant le vestibule, rempli de soixante esclaves ou serviteurs. La Marseillaise défia ses adversaires de produire aucun document écrit en leur faveur, et elle gagna son procès. Quand on me raconta cette histoire, je fis remarquer que le juge était sans doute gagné par la Marseillaise, puisqu'il lui eût été on ne peut plus facile, s'il l'avait voulu, de la faire arrêter par ses gens et de lui enlever le papier qu'elle avait dérobé avec tant d'effronterie. On me répondit encore: „Une femme!“

Ansha se contentait donc de mettre obstacle au développement de l'amour d'Hamid pour sa jeune femme, et en cela elle réussit passablement. Hamid demeura à l'égard d'Emina tel qu'il était le jour même de ses noces, poli, souriant; mais de progrès dans son affection, la pauvre enfant n'en fit guère. J'ai dit que les façons glaciales et moqueuses du bel Hamid causaient à Emina un malaise douloureux, dont l'effet déplorable était de comprimer en elle tout élan de passion ou seulement même de tendresse. Les dehors d'Emina étaient encore plus froids que ceux d'Hamid, car pour celui-ci Emina était toujours une femme, et une très jolie femme encore, tandis que pour elle Hamid n'était qu'un maître, et la différence du sexe ne faisait qu'ajouter à l'embarras qu'il lui causait. Hamid passait-il, en souriant d'un air protecteur, la main sous le menton d'Emina, celle-ci se redressait soudain, pâlissait et rougissait, dévorant les larmes qui roulaient dans ses yeux.

Étant entré un jour à l'improviste dans la pièce où la famille se rassemblait d'ordinaire, Hamid trouva Emina à demi couchée par terre au milieu des enfans, riant aux éclats et jouant avec eux. — Bon! dit-il, les trois enfans s'amusent; continue, Emina, c'est ainsi que j'aime à te voir. — Mais la jeune fille folâtre avait disparu, et la jeune femme décontenancée avait pris sa place. Elle se leva brusquement, repoussa les enfans et se tint un instant debout devant Hamid sans rien dire; puis, s'apercevant qu'il la considérait avec étonnement, elle fit volte-face et courut se cacher dans les profondeurs du harem. Alors, se voyant seule et réfléchissant à ce qui venait de se passer, elle fondit en larmes. — Suis-je assez malheureuse! s'écria-t-elle en sanglotant, et faut-il que tout tourne contre moi! Pourquoi suis-je si craintive, et Dieu lui-même m'a-t-il oubliée? Que doit penser de moi le noble Hamid? Sans doute il croit que je ne l'aime pas, qu'il me déplaît, que je suis une enfant capricieuse et d'un mauvais caractère... Que ne puis-je me montrer une fois à lui telle que je suis, ou du moins telle que j'étais, car je ne me reconnais plus! Si j'osais lui dire, ce qui est vrai pourtant, que je suis malheureuse de son absence, que je pense à lui nuit et jour, que le bruit de ses pas me fait battre le cœur, peut-être comprendrait-il combien je l'aime et m'adresserait-il un de ces doux regards qui feraient mon bonheur! Ah! si Dieu me venait en aide, si une circonstance imprévue me déliait la langue, que mon sort serait différent!

Et Emina se mit à rêver, à combiner des événemens romanesques et invraisemblables, à bâtir des châteaux en Espagne, sans se douter au prix de quelles épreuves suprêmes la lumière se ferait un jour dans l'âme de son époux.

VI

Emina allait une fois par semaine aux bains de la ville voisine. Elle faisait ce trajet à cheval, convenablement escortée, et Hamid lui-même l'accompagnait quelquefois, lorsqu'il avait des visites à rendre. Faites en compagnie de son époux, ces excursions étaient pour Emina une source de froissemens plus pénibles les uns que les autres, et faites sans Hamid, rien n'était plus ennuyeux. C'est ainsi d'ailleurs que se partageait sa vie: tourmens ou ennui, blessures ou oppression. Les tourmens qu'éprouvait Emina, Hamid ne s'en doutait guère. Il se croyait quitte envers sa jeune femme quand il lui avait donné quelques marques d'une banale sollicitude. Les jours où il accompagnait Emina, il s'arrêtait, si la route devenait mauvaise, pour offrir ses services à la petite amazone, qu'il précédait de quelques pas. Le vent venait-il à souffler ou le soleil à darder avec plus de force, Hamid se tournait vers Emina pour lui offrir de se reposer quelques instans sous un arbre, ou d'ajouter une fourrure à la multitude des *ferradjas*, *mocshlaks* et *burnous* dont elle était enveloppée; mais si rien de tout cela n'arrivait, si la route était praticable, l'air tiède, le soleil tempéré, Hamid était homme à chevaucher deux heures durant sans se retourner une seule fois, tandis qu'Emina ne le quittait pas des yeux. — Que ne donnerais-je pas pour un regard de lui!

se disait-elle, et il me semble qu'Emina avait fait de grands progrès depuis qu'elle avait quitté ses chèvres.

Une fois dans la ville, Hamid déposait sa femme à la porte des bains et s'en allait chez ses amis, promettant d'être de retour dans quelques heures. Emina, en soupirant, se livrait aux baigneuses, qui commençaient par la dépouiller complètement, après quoi elles l'enveloppaient dans plusieurs zones de serviettes serrées autour de la taille à la façon des femmes caffres ou des Indiennes, puis jetées sur les épaules. On la conduisait ensuite dans une petite chambre sale et nue, dont tout l'ameublement consistait en une estrade en bois, placée au fond de la pièce et garnie de quelques coussins, sur lesquels on établissait la jeune femme pour qu'elle y bût sa tasse de café sans sucre et qu'elle y fumât son chibouk de rigueur.

On a souvent décrit les bains turcs, et j'abrégerai les détails du supplice que subissait Emina, d'abord dans la première pièce, où l'atmosphère était déjà beaucoup plus élevée que sur la grande route, puis dans la seconde, où la chaleur était plus forte, enfin dans la troisième, où les voluptés du bain atteignaient leur apogée. Ici une odeur infecte, — résultat impur de quelques milliers de transpirations tour à tour évaporées et condensées et des exhalaisons produites par les eaux bourbeuses répandues sur le plancher, — affectait désagréablement l'odorat. Des vapeurs épaisses, s'élevant de toutes les parties de la pièce, formaient comme un nuage au milieu duquel s'agitaient des figures empourprées, ruisselantes, plus qu'à moitié nues. Il y avait là des femmes assises à terre dans la boue, d'autres qui mangeaient, — qui buvaient des liqueurs; la plupart s'appliquaient à un genre de chasse corporelle fort en honneur en Orient. D'autres femmes jouaient, plaisantaient et se caressaient réciproquement en riant aux éclats; d'autres encore, étendues sur les dalles inondées, se livraient à un sommeil qu'à leur teint violacé et à leur respiration bruyante on pouvait prendre pour le précurseur d'une attaque d'apoplexie. C'est ainsi, et dans de pareilles chaudières, que les Orientaux des deux sexes passent des heures délicieuses. Tous ces jeux, ces ris, ces repas, ces amusemens divers, ne sont pourtant que les avant-coureurs de la jouissance principale et exquise, celle de l'*étrillage*, car je ne sais trop quel autre terme trouver pour désigner cette opération, qui consiste à frotter le corps du patient avec une brosse de crin jusqu'à enlever l'épiderme. Ce dernier supplice héroïquement supporté, le patient, après avoir subi encore le massage et les douches, regagne par degrés la première pièce où il a quitté ses vêtemens. Il les reprend, s'étend sur un lit de repos, où il passe plusieurs fois de l'abattement et de la torpeur à l'agitation, grâce à un certain nombre de pipes et de tasses de café qu'il absorbe alternativement. Les véritables amateurs du bain ajoutent à ces stimulans de diverse nature quelques morceaux d'opium ou de *hachich*, mais il est juste d'observer que l'on n'arrive pas d'emblée à ce degré de raffinement, et qu'Emina n'était pas encore d'âge à s'y élever. Elle bornait son ambition à attendre sans trop d'impatience le retour de son bey, et celui-ci ne lui épargnait guère malheureusement les ennuis de l'attente.

C'était à une de ces excursions si redoutées qu'Emina allait devoir cependant un changement dans les dispositions de son époux; mais à quel prix devait-elle l'obtenir! Le jour dont nous parlons, la séance aux bains avait été plus longue qu'à l'ordinaire, et voici pourquoi: les routes à l'entour de la ville étaient infestées de Kurdes, et les amis du bey l'assurèrent qu'il ne devait pas s'aventurer la nuit dans la campagne sans une bonne escorte. Il y avait un moyen fort simple d'éviter cet inconvénient, c'était de se mettre en route d'assez bonne heure pour atteindre son village avant la fin du jour; mais on ne songe jamais à tout, et on fit si bien, on fut si longtemps à rassembler les *gavas* et à obtenir le consentement du gouverneur, qu'il était presque nuit lorsque nos deux époux se remirent en selle.

J'ai nommé les Kurdes, mais on ignore peut-être pourquoi leur présence était pour les amis du bey une cause de frayeur. Je vais l'expliquer. Les Kurdes sont d'abord les habitans du Kurdistan, ou plutôt ils l'étaient, car à cette heure le Kurdistan, conquis par les Turcs, est devenu une province de l'empire ottoman gouvernée par un pacha, et n'est pas plus habité par les Kurdes que l'Anatolie et même l'Inonie ne le sont par des Grecs. Dépouillés par les Turcs de leur territoire, les Kurdes se créèrent une existence à part, renoncèrent au séjour des villes, au commerce, à l'industrie, à l'agriculture, et s'étant retirés sur une chaîne de montagnes qui s'étend depuis les environs de Bagdad jusqu'à peu de distance de la Mer-Noire et d'Héraclée, ils se livrèrent à l'élève des troupeaux, et de temps à autre à l'exploitation de ce qu'on appelle les grandes routes en Orient. Ils divisèrent leurs montagnes et leurs vallées en pâturages d'été et en pâturages d'hiver, se réservant pourtant de parcourir dans cette dernière saison, et lorsque la nécessité les y forcerait, les contrées situées au-delà des frontières. Je ne sache pas que la propriété de ces montagnes leur ait jamais été conférée par contrat ni traité, mais le respect qu'inspire aux populations de l'Asie-Mineure le nom des Kurdes est si profond, que personne ne songea à les troubler dans leur possession, et que nulle trace de village ni de corps-de-garde n'apparaît sur ce vaste espace qui s'étend depuis Bagdad jusqu'aux environs de Constantinople. C'était un scandale, si l'on veut, que cette prise de possession tacite, mais incontestée, faite par un peuple vaincu, d'un territoire appartenant au peuple vainqueur; mais ce scandale rapportait gros au trésor, sans parler des richesses qu'une population active et intelligente répand toujours dans les pays qu'elle habite. Les troupeaux kurdes sont les plus beaux du monde, et l'industrie de ce peuple, certaines branches au moins de son industrie, ne sont pas à dédaigner, surtout pour les Turcs[1]. Malgré cet avantage, le gouvernement ottoman crut devoir signifier aux Kurdes de demeurer toujours dans leurs quartiers d'hiver et de ne plus reparaître sur les montagnes où ils avaient coutume de passer l'été. Qu'arriva-t-il? On le devine sans peine; les Kurdes pacifiques obéirent, mais ceux-là sont peu nombreux, tandis que les Kurdes querelleurs et batailleurs sont en grand nombre, et ce furent ces derniers qui se chargèrent de répondre à l'édit. Ils vinrent donc en armes et

1) La *fête aux moutons* par exemple (le *beiram corban)*, pendant laquelle on égorge à Constantinople plus de cent mille moutons, était défrayée par les troupeaux des Kurdes.

en colonnes serrées, non plus sur leurs montagnes et dans leurs pâturages, mais dans les vallées habitées, sur les routes fréquentées et jusque sous les murs des villes, résidences des pachás et des kaïmakans. Les malheureux paysans voyaient leurs moissons ravagées, leur bétail égorgé ou enlevé par les brigands, sans oser leur opposer la moindre résistance. On s'indigna de l'audace de ces rebelles. On dépêcha des *zappetiers* (sorte de gardes urbaines et communales) à la piste des voleurs, mais plusieurs d'entre eux, qui étaient partis sur de bons chevaux et revêtus d'un costume assez riche, s'en retournèrent à pied et à demi nus. La chose prenait de jour en jour plus de gravité. Les pachas se demandaient et s'envoyaient réciproquement des secours, ce qui n'avait pour résultat que de fatiguer les troupes et de les faire opérer sur un territoire inconnu. Bref, cet état de choses dura aussi longtemps qu'il y eut sur pied dans les provinces envahies soit un animal domestique, soit un épi de blé; puis, lorsque tout fut ravagé, un corps de cavalerie arriva en toute hâte de Constantinople, prêt à exterminer les coupables, qui, fort heureusement pour eux, s'étaient retirés huit jours auparavant.

A l'époque où nous a conduits notre récit, ces deux grands événemens, — savoir l'arrivée de la cavalerie ottomane et la retraite de la horde kurde, n'étaient pas encore accomplis, et le brigandage s'exerçait librement. Voilà pourquoi les amis d'Hamid-Bey lui firent perdre le temps qu'il eût employé à rejoindre ses pénates avant la nuit pour lui procurer une escorte composée de deux zappetiers. L'amour de la vérité m'oblige à reconnaître qu'Hamid-Bey s'inquiétait fort peu de ce retard. Hamid n'était ni un fanfaron, ni un lâche. Je ne dirai pas qu'il se rendît bien compte de la figure qu'il eût faite en se voyant attaqué par dix ou douze Kurdes aussi bien armés que résolus à tout braver et à tout entreprendre, ni qu'il eût contemplé de sang-froid et avec indifférence sa jeune femme au pouvoir des brigands, ou destinée à compléter la demi-douzaine de fortunées mortelles dont Méhémed-Bey (le prince des Kurdes) était le fortuné possesseur. D'abord l'aventure l'eût couvert de ridicule; en second lieu, la perte d'Emina eût rendu un nouveau choix nécessaire, un nouveau mariage inévitable, et, tout bien considéré, il valait mieux s'en tenir au fait accompli. Cependant Hamid-Bey ne songeait pas aux Kurdes, et ne pas songer au péril qui nous menace n'est pas seulement le fait d'un esprit imprévoyant, c'est aussi celui d'un cœur naturellement brave. Quant à Emina, elle ne savait pas au juste ce que c'était que des Kurdes; elle n'en avait jamais entendu parler que pendant les veillées du harem, dans les récits des femmes et des enfans, qui les peignaient tour à tour comme des ogres et des loups-garous. Les deux époux étaient donc assez insoucians du danger qu'ils allaient courir, quand, après une journée presque entière passée à la ville, ils se remirent en route à la tombée de la nuit.

Les deux zappetiers, chargés d'un arsenal de pistolets, sabres, poignards et carabines, ouvraient la marche. Hamid-Bey et ses serviteurs venaient ensuite, puis le gardien du harem et ses acolytes; Emina et ses femmes fermaient le convoi. Ils traversèrent, sans faire de mauvaise rencontre, une belle partie de ce beau pays de l'Asie-Mineure, si peu connu et si mal décrit. Arrivés sur le bord d'un torrent qui était resserré entre deux montagnes taillées à pic, il leur fallut descendre jusqu'au fond du ravin, traverser le torrent et remonter le rivage opposé. Hamid, qui marchait en avant, avait déjà passé le torrent et chevauchait sur l'autre versant de la montagne, qu'Emina descendait encore la pente conduisant au torrent. L'obscurité lui dérobait la vue de son mari, mais la lune, qui venait de se lever et qui apparaissait au-dessus de la montagne, dessinait nettement l'ombre d'Hamid sur le rocher. Emina contemplait cette ombre avec toute la tendresse qu'elle n'osait témoigner à celui dont elle n'était que l'image. Tout à coup (fut-ce erreur des sens ou l'effet d'une imagination surexcitée?) Emina crut apercevoir une seconde ombre auprès de celle d'Hamid. Ce n'était pas l'ombre d'un homme, mais quelque chose d'informe et de confus, une masse sans contours précis et comme hérissée de pointes. Un cri d'effroi s'échappa avec le nom d'Hamid de ses lèvres tremblantes. Le cheval d'Hamid s'arrêta aussitôt, et Emina distingua alors plus nettement cette ombre chérie de l'autre ombre effrayante qui s'agitait à quelques pas de lui. — Hamid! s'écria-t-elle encore, et Hamid, retournant à la hâte sur ses pas, fut bientôt à ses côtés. — Qu'est-ce, Emina? dit-il doucement. Quelque chose t'a-t-il effrayée? — Mon cheval est inquiet, répondit Emina sans trop savoir ce qu'elle disait; je n'en suis pas maîtresse. Ne t'éloigne pas, je t'en prie. — Je m'en garderai bien, chère petite, reprit Hamid, ne crains rien pourtant. C'est un animal doux et tranquille, et d'ailleurs je suis là. — Oui, tu es là, je le sens, car ma frayeur s'est dissipée; je ne songe plus au danger, j'ignore s'il existe... Oui, tu es là, ajoutait Emina se parlant à elle-même, car mon âme est en fête, mon sang coule doucement dans mes veines; je respire le bonheur, je me sens forte, légère et bonne.

Ainsi chantait le cœur d'Emina, mais il chantait tout bas, si bas qu'Hamid ne pouvait pas l'entendre. Elle marchait à ses côtés plus pâle qu'à l'ordinaire, les yeux baissés, et si elle permettait à sa poitrine de se soulever plus rapidement, c'est qu'elle pensait qu'Hamid devait attribuer à l'effroi ses tressaillemens inaccoutumés. Avant de remonter le versant de la montagne le long duquel l'ombre terrible lui était apparue, Emina leva les yeux vers le point qu'elle avait occupé. Les doux rayons de la lune éclairaient en ce moment le flanc de la montagne sans dessiner d'autres formes que celles des arbres et des buissons. — Je me suis trompée sans doute, se disait-elle tout bas; mais elle ne regretta pas une erreur qui lui avait valu de la part de son époux un témoignage si précieux de tendre sollicitude. Cependant, en approchant de l'endroit redouté, le cheval d'Emina s'arrêta court, fit entendre un hennissement plaintif et étouffé, souffla de toutes ses forces, se cabra presque, et refusa obstinément d'avancer. — Tu as bien fait de m'appeler à ton aide, chère enfant, dit Hamid, car Doro, d'ordinaire si tranquille, a d'étranges caprices ce soir. Veux-tu prendre mon cheval? Il est assez obéissant, et je te verrais d'ailleurs avec plus de confiance sur mon fier arabe que sur cette bête effrayée. Voyons, Emina, descends. — Et Hamid se préparait de son côté à mettre pied à terre; mais Emina, qui avait bien plus peur que son cheval, s'écria: — Ne restons pas une minute de plus dans ce lieu, je t'en conjure! Voilà mon cheval qui se décide.

Et en effet le pauvre animal, pressé par la voix et par les genoux d'Emina, secoua brusquement la tête, frissonna de tout son corps, et, faisant un bond en avant, partit au grand galop. Hamid le suivit en l'appelant par son nom et en criant à Emina de se bien tenir, de ne pas trop tirer la bride, de ne pas jouer des étriers. Doro ne tarda pas à se calmer. Hamid, qui s'était tenu à une petite distance pour ne pas ajouter à son ardeur par la poursuite, rejoignit Emina, la félicita de son adresse et lui promit pour le lendemain un nouveau cheval, à la condition qu'elle ne monterait plus celui-là. — Je ne me soucie pas, dit-il, de voir ma petite femme emportée à travers champs par un cheval fantasque et ombrageux. Je tiens à la garder pour moi le plus longtemps possible, et je veux éviter les mauvaises chances... — Ici Hamid s'interrompit, car les lumières de son village, qu'il aperçut au détour d'un sentier, vinrent donner un autre cours à ses pensées. — Nous voilà donc arrivés! s'écria-t-il; le temps m'a semblé bien court!

Il y avait dans ces quatre mots de quoi faire rêver Emina pendant bien des jours.

VII

Ils étaient arrivés en effet. On donna quelques piastres et quelques tasses de café aux *gavas*, qui reprirent aussitôt le chemin de la ville. Ansha avait préparé pour Hamid un souper délicat et succulent auquel il ne fit pas grand honneur, la fatigue de la journée ayant, à ce qu'il disait, chassé l'appétit. Emina ne prit qu'une tasse de café. Les enfans dormaient, les servantes mouraient d'envie d'en faire autant. La conversation, qu'Ansha s'efforçait d'animer, languit, et la nuit, la véritable nuit, commença bientôt pour la population du harem.

Je ne sais si parmi mes lecteurs il s'en trouve un qui ait vécu dans l'intérieur d'une maison turque, et franchement je ne le crois pas. Ils sont dans leur droit s'ils se figurent que là comme chez nous chaque habitant ou habitante possède une chambre à part, un lit, un chez soi: il en est tout autrement. Les harems, même les plus riches et les plus vastes, se composent d'ordinaire d'un immense vestibule conduisant à quatre grandes chambres dont l'ameublement consiste dans une estrade qui fait le tour de l'appartement, et sur laquelle sont placés des tapis, des matelas et des coussins. De vastes armoires pratiquées dans les boiseries de ces pièces renferment un supplément de matelas, de couvertures, de coussins. Lorsque le besoin de repos se fait sentir à l'un des membres de la communauté, il étend une partie de ce supplément par terre, et il se couche dessus. La plus belle de ces chambres, la mieux exposée et la mieux aérée est réservée au maître et à celle de ses femmes qui jouit de sa faveur. Le reste de la famille, maîtresses ou servantes, enfans ou matrones, campent où bon leur plaît, dans les pièces vacantes, dans le vestibule, sur le palier, sur les toits, aujourd'hui ici, demain ailleurs, sans règle ni dessein préalable. C'est ainsi que les choses se passaient chez notre bey. Son lit, ou, pour parler plus exactement, sa pile de matelas était prête à le recevoir avec Emina dans la pièce d'honneur. La porte close, les lumières éteintes, Ansha et le reste se casèrent au hasard, de ci, de là, et bientôt le sommeil ferma toutes ces paupières que des passions diverses tenaient trop souvent ouvertes.

Ce soir-là, Emina s'était endormie auprès d'Hamid, mais son sommeil n'était pas le doux sommeil du bonheur. Ce sommeil-là d'ailleurs, quoi qu'on en dise, est peut-être le moins paisible de tous. Des images confuses et effrayantes se succédaient dans ses rêves inquiets. Elle se voyait à cheval auprès d'Hamid dans une vaste plaine aride qui se confondait à l'horizon avec le ciel. Une grande femme qui avait les traits de la belle Ansha semblait sortir de terre et se placer entre les deux époux ; elle agitait un poignard, elle le levait sur le sein d'Emina, et celle-ci rassemblait toutes ses forces pour détourner le fer. Tout à coup un réveil plus terrible que ce rêve même interrompit la vision de la femme d'Hamid. Un poignard était bien devant les yeux d'Emina, seulement ce n'était pas la grande femme qui le tenait, et il ne menaçait pas sa poitrine ; mais à la faible clarté de la lune pénétrant dans la chambre à travers les croisées entr'ouvertes, la pauvre enfant aperçut deux hommes penchés sur Hamid, tandis qu'un troisième se tenait immobile près de la porte. Pousser un cri et se jeter entre le sein d'Hamid et le poignard qui allait le frapper, ce ne fut pour Emina que l'affaire d'un instant. Réveillé en sursaut, mais comprenant du premier coup son danger et résolu à se défendre, Hamid repoussa d'une main Emina, de l'autre il saisit un poignard qu'il portait toujours à sa ceinture; puis, se dressant brusquement sur ses pieds et s'emparant de deux pistolets placés auprès de son oreiller, il en mit un entre ses dents et dirigea l'autre contre celui de ses assaillans qui le serrait de plus près. Emina, qu'Hamid avait placée derrière lui, n'était pas femme à se faire un rempart de celui qu'elle aimait. Elle se fût plutôt battue à ses côtés, et si elle ne l'osa pas, cè ne fut pas la crainte des couteaux ni des balles qui la retint, ce fut celle du blâme et peut-être du persiflage dont Hamid poursuivrait un jour ses hauts faits. Elle songea donc à un moyen de se rendre utile sans se rendre importune, et, se laissant glisser sans bruit sur le barquet, elle se traîna jusqu'à la croisée, la poussa doucement, monta sur le rebord, puis, sans même se redresser de peur d'être aperçue, elle s'élança dans la cour. De là elle courut réveiller les domestiques du bey, leur apprit la situation désespérée de leur maître, et les conjura de courir à son secours sans perdre un instant. Ceux-ci n'hésitèrent pas, et, ramassant leurs armes éparses sur le plancher, ils se dirigèrent par la petite porte dans la cour du harem. De là, pénétrant par l'entrée principale du bâtiment, ils arrivèrent bientôt à l'escalier qui conduisait au premier étage. Dès que les brigands demeurés aux prises avec Hamid entendirent ce bruit de pas, ils se précipitèrent au-devant de leurs nouveaux adversaires.

— Hamid va les poursuivre, — se dit Emina, qui suivait les serviteurs; mais Hamid ne paraissait pas. La terreur d'Emina fut bientôt à son comble. On se battait sur l'escalier, les balles sifflaient, les lames brillaient dans l'étroit corridor. A travers les balles et les épées, Emina parvint à se frayer un passage. Les uns ne la remarquèrent point, et à vrai dire ils avaient assez d'occupation sans songer à elle; d'autres l'aperçurent, mais aucun musulman, fût-il même le plus féroce des bandits, n'oserait s'attaquer à une femme. Emina gagna donc sans obstacle le palier; d'un bond elle traversa le vestibule. La porte d'Hamid était toute grande ouverte, la chambre était sombre, et dans le premier instant Emina la crut vide; mais son erreur fut bientôt dissipée. Un rayon de la lune, tombant sur un coin reculé de la pièce, lui montra une masse informe étendue sur le plancher. Elle y court, se baisse, soulève un coin du manteau qui la couvrait: c'était Hamid. Emina pousse un cri étouffé, elle presse cette tête inanimée contre son cœur, elle pose ses lèvres glacées sur ce visage pâle et plus glacé que ses lèvres, elle appuie une main tremblante sur ce cœur qu'elle ose à peine interroger; mais ce cœur palpite encore, de faibles battemens se font sentir. Il vit, et c'est assez pour Emina, qui a recouvré toute son énergie. Elle n'appelle personne à son aide; elle est seule avec son trésor, qu'elle suffit à défendre contre les assassins et contre la mort. Dans la cheminée sont entassés, à côté d'un briquet, les morceaux de bois résineux qui sont l'unique moyen d'éclairage en Asie. Emina allume une de ces torches; elle traîne Hamid vers son lit, et peut enfin examiner sa blessure. Sa vue se trouble; cependant elle murmure une courte prière et se remet à l'œuvre. Le sang jaillissait à grands flots d'une large blessure à la tête, le crâne était dénudé, et un filet d'une matière blanchâtre se mêlait au sang, déjà caillé autour de la plaie. Deux autres coups avaient percé la poitrine et le bras droit d'Hamid. Ces blessures étaient légères, comparées à la première. Emina essaya d'abord d'en laver la plaie pour en reconnaître la profondeur; mais, remarquant que le sang coulait avec plus d'abondance à mesure que les caillots s'en détachaient et que le pouls baissait de plus en plus, elle se prit à tamponner et à resserrer la plaie, ce qui lui réussit assez bien. Le pansement achevé, Hamid demeurait toujours sans connaissance, et la jeune femme sentit le besoin de secours. Le combat sur l'escalier avait cessé depuis quelques instants; les brigands fuyaient, et les serviteurs les poursuivaient, tout en sachant fort bien qu'ils ne pourraient les rejoindre et sans en éprouver grands regrets. Malgré sa répugnance à laisser Hamid seul, ne fût-ce que pour peu d'instans, Emina se détermina à se mettre à la recherche de ses compagnes et des enfans du bey. Un second éclat de bois fut allumé, et après d'assez longues recherches, Emina put enfin découvrir dans un des coins les plus obscurs du harem la *famille* d'Hamid.

Ansha, la grand'mère, l'*Abassa* et les enfans étaient serrés les uns contre les autres dans l'attitude du plus violent effroi. — Dieu soit loué! te voilà sauvée, mon enfant! — s'écria la vieille dame en reconnaissant Emina, et, en dépit du geste impérieux et effrayé d'Ansha, elle continua: — Et Hamid, qu'est-il devenu? Aucun malheur, je l'espère...

— Un bien grand l'a frappé, ma mère, répondit Emina d'une voix mal assurée; il est blessé, la blessure est grave, à ce que je crains, et je venais réclamer du secours...

— Mon Dieu, mon Dieu! épargnez mon enfant! s'écria la pauvre mère en sanglotant; qu'il ne meure pas comme son père et son grand-père et ses deux frères sont morts, et que je ne voie pas s'éteindre dans le sang le dernier de ma race!...

— Ne parlez pas si haut, madame, interrompit Ansha avec aigreur; mais, ayant rencontré le regard d'Emina fixé sur elle avec étonnement, elle se ravisa aussitôt en prenant sur son cœur ses deux plus jeunes enfans. — Ce que vous éprouvez pour Hamid, je l'éprouve, moi, pour ces enfans qui sont les siens, et, quoi qu'il puisse m'en coûter, c'est à leur salut que je me dévoue avant tout.

— Vous n'avez plus rien à craindre ni pour eux ni pour vous, Ansha, dit Emina avec douceur. Les brigands sont loin d'ici à cette heure. — Puis, prenant sous son bras la vieille mère, qui s'était levée pendant cet entretien, elle se dirigea vers la chambre d'Hamid. Ansha les suivit. Hamid gisait toujours sur sa couche, sans mouvement et sans connaissance. En vain sa pauvre mère l'appela des noms les plus tendres, en vain les sanglots d'Ansha firent résonner les voûtes du harem, en vain les larmes plus sincères de ses enfans baignèrent ses pieds et ses mains. A la vue de ces témoignages d'une affliction plus ou moins vraie, Emina sentit redoubler sa douleur; mais, faisant un dernier effort sur elle-même, elle se disposa à administrer au blessé la potion qui pouvait le rappeler à la vie. Elle tira d'une armoire sa boîte à médicamens, choisit une petite fiole contenant une liqueur rougeâtre, et en ayant versé quelques gouttes dans de l'eau-de-vie, elle en baigna les lèvres et les tempes d'Hamid. Cette première tentative ne réussissant pas, Ansha proposait déjà de défaire les bandages qui, selon elle, gênaient la circulation du sang, et d'envoyer quérir certain iman bien connu pour plusieurs cures miraculeuses, lorsque la grand'mère, s'opposant à ces mesures, déclara qu'Emina se connaissait en médecine beaucoup mieux que l'iman, et qu'il fallait s'en rapporter à elle. En effet, grâce aux soins continus de la pauvre enfant, la poitrine d'Hamid commença à se soulever comme pour aspirer l'air, qui n'y était pas entré depuis environ une heure. Ses yeux s'entr'ouvrirent et se refermèrent aussitôt; un léger frémissement parcourut tout son corps, comme si la vie eût repris possession de ses membres engourdis. Il fit un mouvement et parut vouloir porter sa main à sa tête; mais la main, refusant d'obéir, retomba lourdement sur sa couche. Quelques instants de silence et d'immobilité suivirent cet effort, qui semblait avoir épuisé les forces du blessé; puis ses yeux s'ouvrirent de nouveau et se fixèrent cette fois sur ceux qui l'entouraient. Chacun prit alors, et presque sans y songer, la physionomie qui convenait le mieux à la situation. C'était une peine inutile. Si les yeux d'Hamid étaient ouverts, l'âme, dont ils n'étaient que l'instrument, n'y était pas; le corps vivait, l'intelligence était captive et obscurcie.

— Hamid, mon enfant, lui dit sa grand'mère, ne me reconnais-tu pas?

— J'ai une pierre sur la tête; ôtez-la-moi.

En entendant ces mots, Emina, par un mouvement involontaire, posa sa main sur cette tête endolorie.

— C'est bien, murmura Hamid.

VIII

Un silence solennel se fit autour du blessé, car il y avait dans le son sec et saccadé de sa voix et dans la fixité de son regard quelque chose qui disait que l'homme étendu sur ce lit de douleur n'était plus celui dont la volonté inébranlable avait gouverné et contenu jusque-là les agitations du harem. Il était là devant ses femmes, sa mère et ses esclaves; mais l'une ne retrouvait plus en lui son fils, non plus que les autres leur époux, leur maître ou leur père, et cet homme pour ainsi dire dédoublé, qui se montrait sous une nouvelle forme tandis que l'ancienne semblait avoir disparu, inspirait un inexprimable effroi à toutes ces femmes, excepté à Emina, pour laquelle Hamid était toujours Hamid, l'objet de son amour et de son adoration. Ansha essaya pourtant de se rappeler au souvenir de son seigneur, et, se plaçant résolument entre lui et Emina: — Le noble Hamid, lui dit-elle, ne reconnaît-il plus sa servante fidèle, sa dévouée Ansha?

Le mouvement d'Ansha ayant déplacé Emina, qui se retirait discrètement à l'écart, Hamid s'écria d'une voix irritée et sans faire la moindre attention à la suppliante Ansha : — Pourquoi me remettre cette pierre sur la tête? ne vous ai-je pas dit de m'en débarrasser? Voulez-vous me faire mourir? — Et il s'agitait sur sa couche comme une bête farouche dans sa cage, pendant que les femmes, interdites et éperdues, se consultaient du regard et ne savaient quel parti prendre; mais la vieille dame, qui n'avait pas encore complétement oublié les mystères du cœur humain et de la jeunesse, prit la main d'Émina et la plaça de nouveau sur le front d'Hamid. L'agitation se calma aussitôt. Il respira profondément, comme un homme qui passe d'une situation insupportable à un repos bienfaisant; ses paupières s'abaissèrent comme pour appeler le sommeil; il murmura quelques mots de remerciement et de satisfaction, et il parut s'endormir.

Son sommeil fut long, quoique agité. Personne ne remuait dans la chambre à l'exception d'Ansha, qui allait d'une fenêtre à l'autre, et de celle-ci à la porte, déclarant que sans doute à son réveil Hamid retrouverait sa raison, que son délire était trop pénible à voir, et que s'il se prolongeait, il faudrait absolument avoir recours à l'iman. — Nous verrons, disait la grand'-mère. — Et Ansha maudissait dans son cœur les caprices de la vieillesse, qui livraient son mari à sa rivale. Le moment si impatiemment attendu arriva enfin, et Hamid se réveilla; mais c'était encore le même Hamid. La lumière de son intelligence n'était pas complétement éteinte; elle était voilée, faussée. Son premier regard fut semblable à celui qui avait précédé son sommeil. Évidemment rien n'était changé en mieux dans l'état du blessé; il y avait même dans ses mouvemens et dans l'expression de son visage une sombre irritation plus marquée qu'au début.

Ansha lui ayant demandé comment il se trouvait, il ne parut pas l'avoir entendue et ne lui fit aucune réponse. — N'accepteriez-vous pas une boisson de ma main, noble Hamid? Une tasse de café vous ferait sans doute grand bien? — Même silence. Encouragée par ce silence même, car Ansha n'avait pas le découragement facile, elle porta aux lèvres d'Hamid une tasse pleine du café qu'on avait servi aux femmes pendant son sommeil; mais la tasse, violemment repoussée par le bey, alla tomber sur les genoux d'Ansha en l'inondant de café brûlant. — Je vous connais, disait Hamid en s'agitant; vous êtes Méhémed-Bey, le chef des Kurdes, et vous me gardez rancune à cause de la jument que je vous ai enlevée, mais vous n'êtes que des traîtres, vous et vos amis. Venez donc vous battre avec moi : je suis fort, et ne vous crains pas; mais non, vous n'osez. Vous m'attaquez en traître, vous me jetez des pierres à la tête, vous m'écrasez sous un quartier de roche. Au secours, amis!

Et tout en poussant ces exclamations furieuses, Hamid se démenait comme un possédé, au risque de défaire cent fois ses bandages et de rouvrir ses blessures. Toutes les femmes l'entouraient, elles essayaient de le contenir; mais que pouvaient leurs faibles bras contre la puissance de la jeunesse et de la fièvre? Il envoyait l'une à dix pieds de sa couche et contre le mur, il renversait l'autre par terre, il faisait pirouetter la troisième jusqu'à lui enlever la respiration. Le plancher de sa chambre ressemblait à un champ de bataille après une action meurtrière. Personne ne songeant à Emina, celle-ci s'enhardit jusqu'à reprendre sa place auprès du blessé. S'approchant de lui et posant sa petite main sur le bras qu'il raidissait: — Hamid, lui dit-elle à voix basse, pourquoi vous agitez-vous ainsi?

Hamid ne fit point de réponse; mais un changement subit et complet s'opéra dans toute sa personne. — Ah! les voilà qui prennent la fuite, les misérables! Je savais bien qu'ils n'oseraient pas me regarder en face; mais ils m'ont laissé sous le poids de cette pierre immense qui me fait tant de mal!

Sans mot dire, Emina porta sa main du bras à la tête d'Hamid. — Qui donc enfin a eu pitié de moi? demanda-t-il.

— C'est moi, seigneur, répondit timidement Emina.

— Qui es-tu?

— Ne me reconnaissez-vous pas, noble Hamid? ne reconnaissez-vous plus votre pauvre Emina?

— Emina! Qu'est-ce qu'Emina? Ah! je sais, une petite qui est dans mon harem... Mais non, ce n'est pas elle qui a soulevé cette pierre; elle n'est ni assez forte ni assez courageuse pour cela. Montre-moi ton visage, ajouta-t-il après un moment de silence.

Emina n'osait guère, mais Hamid reprit en l'attirant plus près de lui : — Soulevez donc ce rideau rouge, qui jette un reflet sanglant sur tout ce qui m'entoure. — Puis, fixant sur elle un regard encore égaré : — Ah ! je te reconnais maintenant !... Tu es ma belle, ma brave *Ac-Elma* (blanche pomme). Comment es-tu ici sur ce rocher solitaire ? T'a-t-on dit que l'on m'y avait amené, enchaîné ?... Demeure auprès de moi, donne-moi ta main, et ne me quitte plus... Dis que tu ne me quitteras pas !... Tu sais bien, la dernière fois que je te vis, je ne voulais pas te laisser partir : je ne pouvais me résoudre à me séparer de toi, malgré ta promesse de revenir le lendemain ; mais maintenant que te voilà, tu resteras toujours auprès de moi, ta main dans la mienne et ta tête sur mon sein.

Ces discours incohérens étaient prononcés avec l'accent de la plus exquise tendresse. Emina, à laquelle ils n'étaient adressés que des lèvres, se raidissait contre les séductions de cette voix émue, de ces regards amoureux, de ces caresses fourvoyées. Elle rougissait devant ses compagnes de ces témoignages d'amour, d'abord parce qu'ils étaient publics, et ensuite parce qu'ils ne lui étaient pas destinés. Au milieu de sa mauvaise humeur, Ansha triomphait du malaise d'Emina: elle savait combien d'orages recélait ce joli nom de *Blanche-Pomme*, et il est bon d'entrer ici dans quelques détails sur les causes de la satisfaction d'Ansha.

Blanche-Pomme était le nom d'une bohémienne fort connue dans la province d'Hamid-Bey. Il y avait très longtemps que Blanche-Pomme était belle, ce qui ne l'empêchait pas de l'être encore beaucoup, et le très grand nombre de têtes qu'elle avait tournées depuis une trentaine d'années ne diminuait pas le nombre de celles qu'elle tournait encore. On citait plusieurs beys, voire quelques pachas, qui s'étaient ruinés pour lui plaire, quoiqu'elle affectât un grand désintéressement, qui consistait à ne prendre que ce qu'on voulait bien lui donner. Bref, elle n'était pas voleuse, ce qui la plaçait d'emblée parmi les créatures d'élite, les prodiges de sa race. Plutôt petite que grande, la taille assez épaisse, le teint pâle et brun, les cheveux légèrement crépus, les yeux gris et la bouche grande, Blanche-Pomme possédait un certain charme provenant on ne sait d'où, mais qui n'opérait pas moins sur tous ceux qui l'approchaient. Elle dansait à ravir la danse turque, chantait à merveille les chansons turques, avait de beaux bras et de belles mains, quoique peu mignonnes, et son sourire prêtait à ses yeux chatoyans un éclat singulier, pour ainsi dire vertigineux. Tout en ayant l'air d'ignorer la liaison d'Hamid-Bey avec la bohémienne, Ansha la connaissait parfaitement, cette liaison étant d'ailleurs si peu mystérieuse que le voisinage s'en était égayé plus d'une fois. Il n'en était pas de même pour Emina. Le nom de Blanche-Pomme avait été prononcé plusieurs fois devant elle, soit par Ansha, soit par les enfans, aussi bien informés que leur mère, soit par quelque esclave, et toujours avec un sourire méchant. Emina cependant ne s'était jamais inquiétée de ce que pouvaient cacher de semblables sourires, et la pensée que l'amour d'Hamid pût appartenir à une autre femme qu'Ansha ou elle-même ne lui avait jamais traversé l'esprit. Le délire d'Hamid venait de dissiper son erreur en lui donnant de nouveaux sujets d'inquiétude. La jeune femme du bey se voyait menacée par deux rivales, — l'une, Ansha, dont elle appréciait jusqu'à un certain point les forces et la faiblesse; l'autre, la bohémienne, dont elle s'exagérait l'importance à plaisir. Pour Ansha, chaque fois qu'Hamid adressait à Blanche-Pomme, sous le couvert d'Emina, de douces paroles, ses beaux traits, se contractant, exprimaient une joie diabolique. Elle ne tarda pas à remettre l'iman sur le tapis. L'intervention d'une image païenne dans le délire d'Hamid prouvait avec trop d'évidence qu'il y avait de la sorcellerie dans son mal, et il fallait absolument conjurer le démon. La vieille dame n'osa plus longtemps s'opposer au pieux désir de sa belle-fille, et elle se dit, pour excuser sa faiblesse, que la visite de l'iman ne pouvait nuire au blessé. On envoya donc quérir le saint homme, qui, alléché par la perspective de quelques piastres à gagner, ne se fit pas attendre.

On se figure peut-être un iman turc sous les traits d'un vieillard à longue barbe blanche et flottante, au teint pâle, aux regards éteints par l'abus de l'opium, ou bien encore on se représente un vieillard vigoureux, un musulman de la vieille école, du temps des janissaires, du beau régime du turban ballonné et du *far niente.* Un iman du XIXe siècle est un tout autre personnage. Son aspect n'a rien de respectable ni de sacerdotal. Aucune de nos vertus n'ayant cours dans les mœurs musulmanes, il en résulte que le directeur de ces mœurs ne ressemble aucunement à ce que nous nous représentons par exemple comme le résumé vivant des vertus chrétiennes, ou bien seulement de l'honnête homme civilisé. L'iman turc a autant de femmes, voire de concubines, qu'un simple mortel, il s'enivre (d'eau-de-vie à la vérité) sans le moindre scrupule, il travaille aux champs ou exerce un métier quelconque; mais le plus clair de son revenu se compose de l'impôt qu'il tire de la crédulité des âmes simples ou hypocrites, ce qui le constitue charlatan et imposteur par-dessus le marché. L'imposture, l'hypocrisie et la fourberie, telles sont les trois vertus théologales qui distinguent le prêtre mahométan du commun des laïques, sans préjudice de l'oisiveté, de la luxure et de la gourmandise, qui sont inséparables des susdits mérites. Ceci s'applique aux imans en général. Quant à l'individu en question, il exerçait naturellement la profession de bouvier. Depuis quelques années cependant, le produit de sa profession sacerdotale lui permettait de laisser reposer ses bœufs, et il ne conservait plus du bouvier que le titre et les manières. En sa qualité d'iman, il était censé savoir lire et écrire, mais il bornait ses lectures au texte du Koran, et sa mémoire étant d'ailleurs assez bonne, il avait abandonné la noble profession des lettres. Celui qui l'eût invité à lire à livre ouvert, et dans un autre volume que celui qu'il portait dans ses poches, un chapitre quelconque du Koran lui eût joué un fort mauvais tour.

Ahmed-Effendi (ainsi s'appelait l'iman) était âgé de trente ans environ; il avait quelque droit à l'épithète de bel homme, si une taille au-dessus de la moyenne, une carrure remarquable, de grands yeux noirs surmontés d'épais sourcils, un nez long, des lèvres épaisses et sensuelles, une barbe noire et inculte, un teint rubicond et un visage plutôt carré qu'arrondi, constituent un pareil droit. Ahmed-Effendi jouissait d'une grande considération dans le pays, et cette considération était l'œuvre d'Ansha. D'où venait la partialité de la belle Ansha pour l'homme de Dieu? Ses ennemis (et elle en avait beaucoup) se moquaient de sa dévotion. Chaque fois qu'un accident survenait dans la famille, qu'un enfant tombait d'un peu haut, qu'un autre mangeait des fruits verts jusqu'à se donner la colique, chaque fois qu'Ansha elle-même était atteinte d'une de ces infirmités passagères si communes à son sexe, vite on envoyait chercher l'iman. Dans la circonstance où la plaçait l'accident survenu au bey, Ansha avait surtout bien des choses à dire au saint personnage. Elle voulait lui raconter d'abord l'événement en s'y attribuant à elle-même le plus beau rôle, lui communiquer ses soupçons sur l'ensorcellement d'Hamid-Bey, et lui insinuer que le délire n'ayant paru qu'à la suite des médicamens administrés par Emina, on pouvait considérer la petite scélérate comme la complice de la bohémienne et les croire toutes deux d'accord pour égarer la raison du malade et s'emparer complétement de son esprit. L'iman entra sans peine dans les vues qu'Ansha lui développa confidentiellement avant de le conduire près d'Hamid; il s'engagea à ne rien négliger pour combattre la pernicieuse influence de sa rivale. Tous deux passèrent ensuite dans la chambre du blessé.

Hamid reposait assez tranquillement, la tête appuyée sur l'épaule d'Emina, dont il tenait les petites mains dans les siennes. Assise de l'autre côté du matelas, la vieille dame contemplait son fils avec toute l'anxiété d'une véritable tendresse. Les enfans (y compris les deux fils aînés d'Ansha et leurs femmes) étaient groupés çà et là dans la chambre, causant à voix basse des événemens de la nuit et des inquiétudes de la journée.

L'iman s'était approché du blessé et le considérait depuis quelque temps d'un air grave comme s'il eût cherché la solution d'un problème d'algèbre, sans que le bey parût s'apercevoir de sa présence. J'oubliais de remarquer qu'Hamid avait montré de tout temps peu de bienveillance pour l'homme du Seigneur, ce qui tenait sans doute à un caprice de sa nature rebelle. Lorsqu'Ahmed-Effendi jugea que sa contemplation s'était assez prolongée (la vieille dame était arrivée à cette conclusion quelques minutes avant lui), il exprima le désir d'être laissé seul avec le blessé. Les enfans se dirigèrent aussitôt vers la porte, la grand'mère quitta son siége, et Emina fit un mouvement pour se conformer aux vœux du saint homme; mais, quelque faible que fût ce mouvement, il suffit à amener le trouble et la confusion dans le harem. A peine Hamid se fut-il aperçu de son effort pour retirer les petites mains enfermées dans les siennes, que les serrant avec plus de force et bondissant sur son oreiller comme le daim blessé bondit sur l'herbe qu'il a rougie de son sang, il recommença ses invectives, ses protestations, ses menaces et ses supplications désespérées. „Que veut-on? Qui prétend te séparer de moi? Éloignez-vous tous, ou vous vous en repentirez! Prenez, emportez tout ce qui m'appartient, mais qu'on ne touche pas à elle. J'ai de l'argent, j'ai des bijoux, là, dans cette armoire... (La vieille dame lui ferma résolument la bouche, et cela suffit pour donner un autre cours à sa pensée.) — *Ae-Elma*, reprit-il, te souvient-il de ce jour où je m'égarai dans la montagne? Tu me trouvas assis sur l'herbe auprès d'une fontaine, pendant que mon cheval paissait à quelques pas de moi. Tu vins t'asseoir à mes côtés, tu me pris la main, et nous demeurâmes ainsi l'un auprès de l'autre sans nous parler et sans même lever les yeux, de peur que notre bonheur ne s'évanouît comme un songe. Ah! que nous fûmes heureux ce jour-là! Place-toi comme tu étais alors, fermons les yeux et rappelons-nous la forêt sombre, le vert gazon, les chênes frémissans et la voûte resplendissante du ciel, qui paraissait au-dessus de leur dôme d'ombrage."

FIN DU TOME PREMIER.

LEIPZIG
C. W. VOLLRATH, IMPRIMEUR.

LEIPZIG. — IMPR. L. SCHNAUSS.

www.ingramcontent.com/pod-product-compliance
Lightning Source LLC
LaVergne TN
LVHW020315230826
846091LV00003B/682

9782019547264